스물다섯 선박 기관사의 단짠단짠 승선 라이프

바다 위에도
길은 있으니까

전소현·이선우 지음

현대
지성

차례

3

바다
위에서
살아가는
법

4

바다, 그 심연 속으로

선박 기관사의 하루

언니라고 부를게

"너, 책 써볼 생각 있어?"

2021년 3월, 내가 던진 한마디로 이 책의 긴 여정이 시작됐다. 당시 소현은 거의 1년 가까운 승선 생활을 마치고 한 달간의 짧은 휴가를 받아 쉬고 있었고, 나는 적당한 글감을 찾고 있었다. (모든 일에는 타이밍이 있는 것 같다.)

브런치 작가 신청에 합격한 후 가끔 글을 올리고 있었는데 뭔가 허전했다. 일상적인 이야기 말고 특이한 글을 써보고 싶었다. 내가 아이 엄마다 보니 주변에도 아이 엄마들뿐이었다. 나이도 그렇고 한창 육아의 절정기를 지나고 있어서인지 만나는 사람도 아이 엄마, 대화 소재도 전부 육아와 교육이었다.

SNS로 만난 이웃 중 가끔 책을 내는 분들이 있었는데 90% 이상이 육아 관련 도서였다. 거기서 탈피하고 싶었다. 학창 시절부터 남들과는 다른 길을 가고 싶어 했던 성향이 있었는데 그것이 발동한 이유도 있었다.

살면서 보고 듣고 경험한 것을 총동원해도 원하는 소재를 찾을 수 없었다. 사실 좀 지쳐 있던 그때 소현을 만났다. 휴가 나온 소현과 마주 앉은 순간 이런 생각이 들었다. 아, 내가 찾던 소재를 소현이 갖고 있구나!

그래서 보자마자 물었던 것이다. 나는 글 쓰는 걸 좋아하지만 소현은 어떤지 몰라 조심스러웠다. 내가 아무리 쓰고 싶어도 소재의 주인공이 원치 않으면 이 프로젝트는 성사되기 어려웠다. 내가 글 쓰는 채널을 소개하고 최종 목표는 종이책을 출간하는 것이라고, 다소 보장되지 않은 장밋빛 꿈까지 덧붙여 설명했다. 그런데 몇 마디 얘기하지 않았는데 소현이 흔쾌히 승낙했다.

"너무 좋아요. 저 사실 책 내고 싶었거든요."

이번엔 내가 깜짝 놀랐다. 소현이 책을 내고 싶어 할 줄은 몰랐기 때문이다. 알고 보니 선배와 상사들이 너도 책을 내보리는 말을 종종 했다고 한다. 워낙 특이한 직업이고 게다가 여자니 사람들의 관심을 끌기 충분하다는 것이었다. 나도 그 마음으로 이 소재를 잡았다.

마음은 굴뚝 같았는데 업무가 너무 바빠 글을 쓸 시간이 없었고, 글을 제대로 써본 적도 없어 엄두가 나지 않았다고 한다. 소재는 있는데 글을 써보지 않은 사람과, 글은 써 봤는데 마음에 드는 소재가 없던 사람의 조합.

서로 마음을 확인한 우리는 그날부터 발 빠르게 움직였다. 그때는 소현이 휴가 나온 지 벌써 두 주 정도가 지난 시점이어서 앞으로 만날 수 있는 기간은 딱 2주뿐이었다. 소현은 배를 타면 인터넷이 불안정해서 연락이 원활치 않을 수 있다고 말했다. 책을 다 쓴 지금은 그게 무슨 말인지 잘 알지만 처음엔 아니었다. 전 세계가 1초면 연결되는 세상에 연락이 안 될 수도 있다니?

하지만 소현은 그런 세상에서 살았다. 그런 불편함조차 신선했다. 어서 이 이야기를 글로 담아내고 싶은 생각에 몸이 달았다. 일단 너무 생소한 분야라서 스터디가 필요했다.

소현의 직업을 듣고 내가 궁금했던 점들에 더해 이야기가 될 만한 소재를 찾으면서 일명 '사전 질문지'를 작성했다. 하룻밤을 꼴딱 새워 작성했는데 써놓고 보니 질문만 50개가 넘었다.

질문은 정말 다양했다. 선박 기관사로 진로를 정한 이유처럼 책을 쓰기 위해 꼭 필요한 질문들로 시작해 생애 첫 항해에 대한 기억, 일하다가 울었던 경험, 원래 바다를 좋아하는지, 바다에서 느낀 감성 능 디테일한 부분으로 파고들었다. 누군가를 정식으로 인터뷰해본 적이 없던 내가 책을 쓰려는 마음이 커서였는지 나도 모르게 질문을 챕터별로 구성하고 있었다. 이렇게 처음 작성한 질문지를 바탕으로 책 내용의 80% 이상을 구성했다.

소현은 각 항목마다 정성스럽게 답변을 작성해 보내주었다. 그걸 토대로 만나 2차 인터뷰를 이어갔다. 읽으면서 추가로 궁금했던 부분, 새롭게 생각난 질문들이 꼬리에 꼬리를 물었다. 선박 기관사의 세계는 알면 알수록 흥미진진했다. 질문의 빈칸이 완성될수록 이거 이야기가 되겠다는 확신이 들었다.

소현은 짧은 만남을 끝으로 다시 바다로 돌아갔다. 그때부터는 카톡이 열일하기 시작했다. 연락이 원활치 않을 수 있다고 미리 양해를 구했는데 과연 사실이었다. 소재와 자료를 최대한 모아놓은 다음 소현을 보냈지만 막상 쓰려니 물어볼 부분이 계속 생겼다.

질문을 하고 답을 받는 과정은 나의 일방적인 구애 수

준이었다. 한 번 보내두면 약 사흘 후에 답이 도착했다. 21세기 최첨단 시대에 무척이나 낭만적인(?) 소통 방법이었다. 20대에 연애할 때도 이렇게 애가 탄 적은 없었다. 카톡의 '1' 자가 지워지길 하염없이 기다리고 기다렸다. 이 책은 그 긴 기다림의 산물이다.

처음엔 진도가 나가지 않았다. 이유를 몰랐었는데 몇 꼭지 써보니 원인을 정확히 알 수 있었다. 처음에는 바다 위에서 일하면서 느꼈던 소현의 감성 위주로 쓰려고 했는데 쓰다 보니 그게 불가능했다. 나는 소현이 아니기 때문이다. 주인공의 감성은 내 영역이 아니었다.

그래서 방향을 선회했다. 선박 기관사라는 직업을 '소개'하기로 한 것이다. 일에 대한 설명뿐 아니라 선박 기관사로 생활하면서 벌어지는 에피소드를 엮으면 되겠다는 생각이 들었다. 육지 직업과는 다른 선박 기관사의 일상은 가장 흥미로운 부분이었다.

콘셉트를 바꾸자 그때부터는 파죽지세였다. 소재를 발굴하는 과정은 정말 흥미진진했다. 한 가지 이야기에 대한 질문과 답을 주고받다가 갑자기 생각지도 못했던 소재를 찾아냈다. 예를 들면, 선박 기관사와 해적은 전혀 상관이 없다고 생각했는데 라이트 수리 작업을 어떻게 하는지 이야기하다가 갑자기 해적에게 발각될까 봐 항해 중엔 라이트를 켜지 않는다는 얘기가 나왔다. 그래서 해적에 대한 이야기로 갑자기 넘어가고 '해적 수당'과 실제 바다 위를 다니는 해적선 이야기까지 넘어가면 '됐어! 이거 하나 쓰자!' 이런 식으로 하나를 건졌다.

1년 내내 바다 위에 있는데 아프거나 응급 상황이 발생하면 어떻게 하냐고 묻다가 선내 응급 구조 시스템에 대해 쓰고, 바다에서 근무하는데도 바다를 잘 보지 못한다는 사실이 놀라워 기관실의 구조에 대해 묻다가 영화《기생충》을 떠올리는 식으로 하나하나 만들어나갔다. 선박에 대해 잘 아는 선박 기관사와 하나도 모르는 일반인이 만나자 오히려 긍정적인 시너지가 나왔다.

　현재의 삶뿐 아니라 선박 기관사와 관련 없었던 어린 시절까지 궁금해졌다. 소현의 이야기를 쓰면서 평탄하게 살아왔을 것 같은 지난 시간 속에 수많은 좌절과 눈물이 있었다는 걸 알았다. 그리고 아무것도 몰랐을 땐 낭만적이고 부럽기만 했던 바다 위 직장 생활이 사실은 전혀 그렇지 않다는 것도 알게 됐다.

이 책을 쓰는 과정은 일반적인 글을 쓸 때와 완전히 달랐다. 내가 아닌 남의 이야기를 쓰는 게 이렇게 어려울 줄은 몰랐다. 어느 책에서 세상에서 가장 힘든 글은 남의 이야기라는 걸 읽은 적이 있는데 그걸 뼛속 깊이 체험했다. 나는 내가 소현이라고 생각하고 소현에게 나 자신을 '빙의'하기로 했다. 목차를 미리 작성해놓고 글을 쓰려고 책상에 앉아 컴퓨터를 켜면 가장 먼저 눈을 감고 소현에게 빙의했다. '나는 소현이다, 나는 소현이다'를 중얼거리면서. 아무 소용없을 것 같았던 이 행위가 한 달 정도 지나고 나니 제법 큰 효과를 발휘했다. 눈을 감고 주문을 외우면 어느새 나는 소현이 일하는 소버린호에 탑승해 있었다.

40도가 넘는 기관실 이야기를 쓸 때 나까지 더워져 선풍기를 켰고, 멀미 이야기를 쓸 땐 덩달아 속이 울렁거리는 통에 글쓰기를 중단하기도 했다. 내가 소현이 될 수는 없지만 현장을 생생하게 전달하려고 할 수 있는 최선을 다했다.

일본 소설가 무라카미 하루키가 언급한 '굴튀김' 이론에 대해 읽은 적이 있다. 자신의 이야기를 쓰는 것이 힘들면 대신 굴튀김에 관해 써보라는 것이다. 굴튀김에 대해 쓰다 보면 자신과 굴튀김의 상관관계나 거리감이 자동으로 느껴지고, 거기서 끝까지 파고들면 결국 자신에 대해 쓸 수 있게 된다고 한다. 이 이론의 핵심은 무엇을 쓰든 결국은 나의 이야기가 나온다는 것이다.

왜 소현의 이야기를 쓰려고 했는지 생각해봤다. 처음엔 단순히 뾰족한 글감을 찾기 위해서라고 생각했는데 쓰면 쓸수록 마음속 더 깊은 근원으로 내려갔다. 그 속엔 나의 욕

망이 있었다. 욕망은 바다에 대한 애정, 지나간 20대에 대한 미련, 못 가본 길에 대한 후회 등 다양하게 모습을 바꾸며 얼굴을 드러냈다.

남의 이야기로 책 한 권을 쓰고 난 지금에서야 알게 됐다, 이 책은 내 이야기가 아니지만 내 이야기이기도 하다는 사실을. 이 책을 쓰면서 불안하고 흔들리는 나 자신을 만났다. 인생의 방향타를 잡지 못해 방황하던 나를 잡아줄 무언가를 애타게 찾았는데 뜻밖에 소현의 모습에서 내가 가고 싶었던 길을 발견했다. 그것은 어떤 상황에서도 나 자신을 믿는 자신감이었다.

이 책을 쓰는 동안 『멋있으면 다 언니』(이봄, 2021)라는 책을 접했다. 본문을 읽기도 전에 제목이 가슴에 콕 박혔다.

소현의 이야기를 쓰면서 소현이 얼마나 멋진 여성인지 재발견했기 때문이다. '멋있으면 다 언니'라는 말에 백번 공감하는 한 사람으로서 오늘부터 소현은 내게 '언니'다.

소현아, 언니라고 부를게!

1

바다가

나를

불렀다

뼛속까지

섬집 아기

엄마가 섬 그늘에 굴 따러 가면
아기가 혼자 남아 집을 보다가
바다가 불러주는 자장 노래에
팔 베고 스르르르 잠이 듭니다

————— 혼자 남아 집을 보던 아기가 바닷소리를 듣고
저절로 잠이 들었다는 기적과도 같은 이야기. 한국 사람이
라면 누구나 아는 자장가 '섬집 아기'다. 징그럽게 잠 안 자
는 아기를 키워본 엄마라면 이게 얼마나 말도 안 되는 이야
기인지 공감할 것이다. 자장가 속에나 나오는, 실제로는 일

어나지 않는 전설일 뿐이라고 툴툴댈지도 모르겠다.

그런데 기적이라는 게 정말 있기도 한 것 같다. 소현이 그랬다. 소현은 바다와는 아무 상관없는 서울에서 태어나 쭉 수도권에서 자랐다. 물을 무서워해 수영도 배우지 못했다. 여름철에 바다로 피서를 가면 열심히 헤엄치며 노는 사람들 사이에서 물에 발만 살짝 담갔다가 얼른 물러나곤 했다.

바다가 무서웠지만 왠지 싫지는 않았다. 물에 들어가는 게 무서웠을 뿐 바라보는 건 좋았다. 끝이 보이지 않는 넓고 푸른 바다를 보고 있으면 가슴속까지 뻥 뚫리는 기분이었다. 그런 느낌이 좋았다. 하지만 누구나 바다에서 그런 기분을 느끼기 때문에 자기가 바다를 '특별히' 좋아하는 사람은 아니라고 생각했다.

하지만 어른들 이야기는 달랐다. 소현은 태어나서부터 바다를 '특별히' 좋아하는 아이였다. 엄마, 아빠, 할머니, 할아버지, 외할머니, 외할아버지 모두 하나같이 소현이 참 키우기 힘든 아이였다고 입을 모았다. 아기가 잠만 잘 자면 효도한다는 말이 있는데 소현은 아예 잠을 '거부하는' 아기였다. 요즘 엄마들 말로 '등 센서'를 장착하고 태어나 등을 바닥에 대기만 하면 번쩍 눈을 뜨고 자지러지게 울었다.

24시간 내내 잠도 안 자고 밥도 안 먹고 울기만 하는 날이 부지기수였다. 엄마는 이 첫 아이를 외할머니와 부둥켜안고 울면서 키웠다. 여자 셋이 밤마다 번갈아가면서 눈물 콧물 흘리는 나날이었다. 그러다가 엄마가 직장에 나가면서 외할머니 댁에서 지내게 됐다. 당시 대학생이었던 외삼촌은 소현이 밤마다 울어대는 통에 아예 잠을 못 잤다고 토로했다.

결국 엄마는 소현을 잠시 친가에 보내기로 했다. 외가는 가까워서 아침에 맡기고 저녁에 데려올 수 있었지만 친가는 한번 맡기면 주말에나 간신히 만날 수 있었다. 그래서 어떻게든 가까이에 두려고 했지만 소현이 밤마다 어른들의 잠을 싹 빼앗아가는 통에 도저히 방법이 없었다. 그 정도로 잠투정이 극성이었다.

할머니 댁은 바다로 둘러싸인 섬, 제주도였다. 아빠가 대학 때 서울로 올라온 뒤 명절 외에는 거의 방문하지 못했던 아빠의 고향이었다. 소현은 비행기 안에서도 통제 불능이었다. 1시간 내내 발악을 하며 울어댔다. 제주도에 가기도 전에 기진맥진한 엄마는 걱정이 이만저만이 아니었다.

그런데 소현이 공항 밖으로 나오자마자 갑자기 울음을 뚝 그쳤다. 엄마는 지금도 그 순간을 생생히 기억한다. 아기가 제주도 섬을 밟자마자 거짓말처럼 방긋방긋 웃었다. 엄마는 소현이 제발 조금이라도 덜 울길 바라면서 친가에 맡겼다. 친할머니는 이미 설명을 충분히 듣고 마음의 준비를 한 상태였다. 며칠 뒤 할머니에게서 전화가 걸려왔다. 시작부터 핀잔이었다.

"애가 이렇게 잘 자는데 넌 뭐가 힘들다고 그러니."

엄마는 할 말을 잃었다. 일단 다행이라고 생각했다. 여기서는 그렇게 안 자던 애가 마침내 자기 집을 찾아가니 마음이 편안한가 보다고 시어머니의 노고에 에둘러 감사를 표했다.

하지만 소현을 재운 건 할머니도, 아빠의 고향집도 아

니었다. 바다였다. 익숙한 엄마와 외할머니가 있을 때도 칭얼대던 소현이 난생처음 보는 친할머니 곁에서 울음을 그친 건 바다 때문이었다. 나중에 들은 말인데 잠을 안 자고 칭얼거릴 때 집 앞 바다로 업고 나가면 바로 잠이 들었다고 한다. 다른 사람이 업어가도 모를 만큼 쿨쿨. 할머니가 아빠를 키울 때 불렀던 자장가 '섬집 아기'는 부를 필요도 없었다. 거의 기적이었다.

할머니 입에서 "역시 육지 것들은 모르는 바다의 맛을 아네!"라는 말이 기분 좋게 나올 만큼 제주도에서 잘 먹고 잘 잤다. 바다만 보여주면 새근새근 잠들던 아기는 자라서 1년 내내 바다 위에서 일하는 어른이 됐다. 그리고 이제는 바다에 태풍이 몰아쳐도 모르고 쿨쿨 잔다. 마치 바다가 불러주는 자장가를 듣는 것처럼.

K-장녀의

방은 없었다

———————— 대한민국에서 장녀로 살아남기는 쉽지 않다. 게다가 딸-딸-아들 집안의 큰딸은 더더욱 그렇다. 21세기가 된 지가 언젠데 세상이 큰딸에게 기대하는 바는 아직도 20세기를 벗어나지 못했다. 소현 역시 어려서부터 '넌 우리 집안의 기둥이야', '동생들에게 좋은 본보기가 되어야지'부터 시작해서 '큰딸은 살림 밑천이야'라는 고릿적 이야기까지 듣고 살았다.

자연스럽게 알 수 없는 책임감에 시달렸다. 소현은 뭐든지 잘하는 아이여야만 했다. 동생들은 미술, 요리, 체육

등 자기가 하고 싶은 일을 해볼 수 있었다. 심지어 남동생은 막내라는 이유만으로 사랑받는 행운아였다. 하지만 소현은 그러면 안 되는 K-장녀였다. 부모님이 해라 해라 그러지 않아도 열심히 했고, 동생들이 원하지 않아도 알아서 매사 양보했다.

가족끼리 방을 나눌 때도 그랬다. 다섯 식구가 사는 집에 방은 많아야 3개였고, 동생 하나는 남자였다. 어릴 때는 엄마와 함께 방을 썼지만 언제까지나 그럴 수는 없었다. 자연스럽게 성별이 같은 여자 둘이 한 방으로 묶이고, 남동생은 떡하니 방 하나를 차지하는 부당한 상황이 벌어졌다. 공부는 열심히 해야 했고 방은 양보해야 했다. 그래도 아무 말 하지 않았다.

바쁜 부모님 대신 서로 의지하면서 챙겨주는 동생들이 있어 든든했지만 그것과는 별개로 자기만의 방을 갖고 싶었다. 무슨 버지니아 울프도 아니고 혼자 고독을 씹고 싶은 문학소녀도 아니었지만 친구들과 키득거리는 통화 한번 편하게 못 해보는 집이 답답한 것도 사실이었다.

화장실도 딱 하나였다. 혼자만의 화장실에서 우아하게 머리를 감고 학교로 향하는 아침은 꿈도 꿀 수 없었다. 한창 학교에 다니는 아이 셋에 맞벌이하는 부모님까지 출근, 등교 시간이 겹친 화장실은 그야말로 전쟁터였다. 반은 칫솔 물고 밖에서 기다리면 하나는 세수하고 하나는 옆에서 볼일 보는 식이었다.

전주에 위치한 상산고로 진학하면서 기숙사로 들어가게 됐다. 드디어 좁은 집을 벗어나나 싶었다. 그런데 웬걸, 엎친 데 덮친 격이었다. 작은 방 하나를 5명이 함께 쓰는 구조였다. 그것도 가족이 아닌 고등학생 다섯이었다. 매일 나오는 머리카락만 산더미였다. 모아서 매주 가발을 하나씩 만들어도 될 정도였다.

화장실 줄 서는 건 집에서나 여기서나 마찬가지였다. 볼일 좀 마음 편히 보는 게 소원이란 생각에 찔끔 눈물이 나면서, 나 지금 뭐 하는 거지, 하는 자괴감에 휩싸였다. 이 생활은 대학교까지 계속됐다. 함께 방을 쓰는 인원은 둘로 확 줄었지만 좁아터지고 사생활 보장 안 되긴 마찬가지였다. 여기도 답답, 저기도 답답했다.

혼자만의 방을 선사한 건 뜻밖에도 바다였다. 모든 해기사들에겐 각자 방이 하나씩 제공된다. 배를 타면서 마침내 20여 년 만에 자기 방을 갖게 됐다. 당당히 자기 힘으로 얻은 방이었다. 생애 첫 혼자만의 방문을 열어보면서 배 타길 정말 잘했다는 생각이 들었다.

의대 사관학교 상산고에서

뜬금없이 해양대로?

────────── 소현은 어려서부터 똑똑했다. 또래보다 말을 빨리 시작했고 누가 가르치지도 않았는데 한글을 혼자서 다 떼버렸다. 능력은 학교에 입학하면서 본격적으로 빛을 발하기 시작했다. 옛말처럼 하나를 가르치면 열을 아는 아이였다. 특히 수학을 잘했다. 수학이 본격적으로 성적을 좌우하기 시작하는 초등학교 고학년부터는 전교 1등을 도맡아 했다.

타고난 머리만 믿고 게으름 피우는 일도 없었다. 성실함이 최고의 장점이라고 부모님도 인정할 만큼 한순간도 허

투루 보내는 법 없는 모범생이었다. 재능과 노력으로 무장한 소현에게 적수는 없었다. 이름보다 '전교 1등'이라고 부르는 사람이 더 많을 정도였다. 물론 그중에서도 수학은 가장 자신 있었다.

그러니 수재들의 집합소인 상산고에 원서를 넣은 건 당연했다. 상산고는 대치동에서 세 살부터 사교육에 둘러싸여 준비한 아이들도 족족 떨어진다는 자타공인 최고의 명문이었다. 강남 한복판이 아닌 경기도 외곽 출신에 고액 과외 한 번 받아본 적 없지만 높은 성적으로 당당하게 상산고에 합격했다. 상산고는 '의대 사관학교'로 불릴 정도로 졸업생 대부분이 의대로 진학한다. 부모님은 딸이 벌써 의사라도 된 것처럼 기뻐했다. 자신감이 충만한 소현도 그대로 졸업해 의사가 될 줄 알았더랬다.

그런데 인생이 항상 그렇게 장밋빛일 리는 없었다. 1학년 첫 학기부터 뭔가 잘못되었다는 생각이 강하게 들었다. 성적이 제대로 나오지 않았다. 첫 시험부터 전교 꼴찌에 가까운 점수가 나왔다. 충격이었다. 몇 번이나 성적표를 다시 봤지만 세 자리 수는 그대로였다.

이럴 리가 없는데. 원래도 열심히 했지만 더는 열심히 할 수 없을 만큼 이를 악물었다. 기숙사 자습실 문을 제일 먼저 열고 들어가 제일 늦게 닫고 나왔다. 잠은 건강에 무리가 가지 않을 만큼만 잤다. 그런데도 성적은 오르지 않았다. 무엇보다 가장 자신 있었던 수학 점수가 달랑 50점이었다. 정말 충격이었다.

이루 말할 수 없을 정도로 자존심이 상했다. 잠 안 오는 약까지 먹어가면서 공부했지만 바로 어제까지 옆에서 게임하다가 시험 본 친구는 100점, 자기는 50점이었다. 이쯤 되자 자기 능력을 의심하기 시작했다. 그 의심은 학교생활이 계속되면서 확신으로 바뀌었다. 어려서부터 머리 좋다, 똑똑하다, 수재다, 천재다 소리만 듣고 자라 자기가 정말 그런 사람인 줄 착각했었다. 결국 머리가 좋은 게 아니었다는 결론을 내렸다. 아무리 노력해도 성적은 제자리였다. 노력의 문제가 아니라 타고난 머리의 문제라고 생각할 수밖에 없었다.

그걸 인정하자 학교생활은 지옥으로 변했다. 중학교 때 수재로 이름을 날리던 언니가 특목고에 진학했다가 낮은 성적에 충격을 받고 한 학기 만에 자퇴했다는 이야기가 생각났다. 나도 혹시 그렇게 되는 건 아닐까. 극도의 스트레스와 떨어진 자존감으로 하루하루가 고역이었다. 넉넉지 못한 살림에도 곧 의대에 진학할 딸의 모습을 그리며 열심히 뒷바라지하고 계신 부모님 얼굴이 떠올랐다. 여기서 포기하면 안 된다는 생각과 더 이상 못하겠다는 생각 사이에 잠 못 드는 나날이 계속됐다.

항상 1등이었다가 전교 꼴찌가 된 심정이란. 가족에게도, 친구에게도 속속들이 털어놓을 수 없을 만큼 괴로웠다. 공부를 열심히 했는데도 결과가 그렇다는 사실이 더욱 비참했다. 자존감은 끝없이 추락했고 시험 때마다 정신적으로 너무 힘들었다. 매번 쾌감과 희열을 선사해 마음 깊이 애정했던 공부에게 완전히 배신당한 기분이었다. 초등학교 1학년 때부터 단 한 번도 놓아본 적 없었던 공부가 싫어지는 지경에 이르렀디.

시험을 앞두고는 밥이 아예 입에 들어가지 않았다. 빈속인데 시험만 보면 토하고 양호실로 가기 일쑤였다. 시험 시간에는 손이 덜덜 떨리고 앞이 하얘져 글씨도 제대로 보이지 않았다. 청심환을 달고 살았다. 이렇게까지 해야 하나 싶었다. 우울증, 자퇴, 검정고시 같은 단어들이 자꾸만 머릿속에 떠올랐다가 사라졌다.

결국 고등학교 3년을 그렇게 흘려보냈다. 그만두지도 못하고 잘하지도 못한 채. 전교생 대다수가 SKY와 의대, 치대, 한의대에 진학하는 분위기 속에서 다른 학교를 선택할 자유조차 없었다. 안 될 걸 알면서 울며 겨자먹기로 성균관대 의대를 목표로 준비했다. 하지만 스스로 알고 있었다. 의사는 멀어진 꿈이란 걸.

너무나 예상 가능하게 수능을 망쳤지만, 그럼에도 절망했다. 학창 시절 내내 공부 말고는 한 게 없었다. 특히 고등학교 3년 동안은 공부만 죽어라 했다. 노력하면 답이 올 줄 알았다. 하지만 결과는 그렇지 못했다. 그 끝은 의대 원서조차 내지 못할 초라한 수능 성적이었다.

돌이켜 보면 간절함은 부족했다. 투철한 사명감이나 대단한 계기가 있어서가 아니라 그저 공부 잘하니까 당연히 의대를 목표로 했다. 의사가 적성에 맞을지, 의대에 진학한다는 게 어떤 의미인지, 의사가 되기 위해 어떤 희생을 치러야 하는지는 생각해본 적이 없었다. 그래서 더 절망스러웠다. 미래에 대한 깊은 고민 없이 의사만 목표로 했는데 의대를 못 가게 되니 인생이 끝난 것 같았다. 전교생이 다 가는 의대에 못 간 소현은 낙오자, 루저였다. 대입이라는 거대한 전쟁터에서 만신창이가 된 패잔병이었다. 앞으로 어떻게 해야 할지조차 몰랐다.

그때 아빠가 한 가지 카드를 내밀었다. 듣도 보도 못한 한국해양대학교였다. 의아해하는 소현에게 아빠는 논리적 근거를 들어 그곳에 진학해야 하는 이유를 설명했다. 첫째, 소현의 멘탈이 재수의 중압감을 이겨낼 만큼 강하지 못했다. 둘째, 기약 없는 재수 생활을 뒷받침하기엔 집안 사정이 어려웠다. 셋째, 한국해양대학교는 본인만 잘하면 졸업 후 취업이 비교적 보장돼 있었다. 넷째, 이과적인 성향과 잘 맞았다.

학원을 운영하는 아빠가 입시 정보를 알아보다 딸에게 딱 맞는다고 판단해 제안한 학교였다. 기대가 컸던 아빠를 실망시켜 죄송한 마음에 망설이지 않고 고개를 끄덕였다. 무슨 대학인지, 무슨 공부를 배우는 곳인지, 나와서 어떤 일을 하게 되는지 전혀 모른 채로.

그리고 그 선택이 모든 것을 바꿔놓았다.

대가리 박아!

———— 원하던 대학은 아니었지만 어쨌든 대학 합격증을 받고 나니 인생의 한 관문을 넘은 것처럼 마음이 편안해졌다. 이제 무너진 자존감과 청심환은 안녕. 힘들었던 고등학교 3년을 대학에선 마음껏 보상받으리라! 생각만으로도 설렜다.

드디어 기다리던 신입생 오리엔테이션 공지가 왔다. 달달하고 따뜻한 새내기 환영식을 상상하니 미소가 절로 나왔다. 한국해양대학교는 부산에 있어 외국 여행이라도 가는 기분이었다. 가방을 꾸리는 손길조차 즐거웠다. 수험 생활동안 못 입어본 하늘거리는 원피스, 처음으로 사본 화장품들, 예쁜 머리끈과 귀걸이, 목걸이 등을 챙겨 부산행 기차에 몸을 실었다.

　그런데 웬걸, 학교를 잘못 찾은 줄 알았다. 풍선과 꽃다발, 색종이 조각과 활짝 웃는 선배들이 가득한 풍경을 예상했던 소현은 어리둥절했다. 정말 아무것도 없는, 넓기만 한 승선 생활관 공터 한가운데에 똑같은 제복을 맞춰 입은 선배들이 무표정한 얼굴을 하고 일렬로 각 잡고 서 있었다. 해양대가 제복을 입는다는 것도 모르고 간 터라 뭐지, 하고 있는 사이에 서릿발 같은 목소리가 고막을 파고들었다.

　"빨리 가서 옷 갈아입고 나와!"

　다들 허둥지둥 움직이고 있었다. 새로 산 스커트를 입고 립스틱에 마스카라까지 칠하고 간 소현도 그 물결에 떠밀려 정신없이 옷을 갈아입고 나왔다. 공터 전체에 싸늘한 바람이 부는 듯했다. 정체를 알 수 없는 무서운 분위기 속에서 또다시 '명령'이 떨어졌다.

"대가리 박아!"

귀를 의심하는 사이 군기가 바짝 든 동기들은 너나없이 바닥에 머리를 박았다. 마치 소현만 빼고 다 같이 미리 연습을 하고 온 것처럼 일사불란한 모습이었다. 그 광경이 게임에 나오는 가상현실처럼 느껴졌다. 눈으로 보고도 믿기지 않았다. 이럴 리가 없는데. 이건 꿈일 거야. 의도치 않게 혼자 서 있게 되자 즉시 선배들의 표적이 됐다.

"야! 거기 너! 대가리 안 박아?!!"

당장이라도 달려올 기세였다. 무서워서 몸이 먼저 반응했다. 머리를 어떻게 박는지도 몰라 일단 옆 친구를 보고 최대한 흉내를 냈다. 몸의 균형이 잡히질 않았다. 바닥에 머리를 박고 있으니 상황이 어떻게 돌아가는지 볼 수도 없었다. 쉴 새 없이 날아드는 호통와 괴로운 신음 소리만 가득했다. 흘러내리는 땀방울에 마스카라가 이마까지 번져내렸다.

신입생 서프라이즈를 위한 몰래카메라일 거란 한 가닥 기대를 저버리고 그 후 일주일 동안 똑같은 일과가 이어졌다. 씻지도 못하고 물도 제대로 못 마신 채 새벽부터 일어나 얼차려를 받고 구보를 했다. 나중에 안 사실이지만 이것은 해사대(한국해양대학교의 여러 단과대학 중 제복을 입고 상선을 타기 위한 교육을 받는 유일한 대학) 입학생이라면 누구나 받는 '적응교육'이었다. 적응교육은 혹독했다. 군대에 가보진 않았지만 신병 훈련소에 입소한 군인들 심정이 이럴 것 같았다. 실제로 적응교육 받다가 자퇴하는 학생이 적지 않을 정도로 힘든 과정이었다. 간신히 입시 지옥에서 벗어났다 싶었더니 엎친 데 덮친 격이었다.

군대에 온 것도 아닌데 내가 여기서 지금 뭐 하는 거지. 첫 캠퍼스 생활은 그렇게 극심한 혼란 속에 시작되고 있었다.

수능 망쳤다고

인생이 끝나는 건 아니었다

————— 해사대학 학생들은 기본적으로 제복을 입는다. 따라서 군대 수준까지는 아니더라도 어느 정도 제식훈련이나 체력훈련이 필요하다. 명색이 대학교인데 지나치다 싶을 정도로 위계질서도 심했다. 동기들은 대학 신입생인지 군대 신병인지 구분이 되지 않는 생활에 질려 하나둘 떠났다.

해양대는 제복을 입는 학교라는 것, 군대와 닮은 면이 많다는 것을 모두 알고 어느 정도 각오한 친구들도 그 생활을 견디기 힘들어했다. 그런데도 웬일인지 나가고 싶다는 생각은 들지 않았다.

　오히려 몸이 힘든 것 말고는 힘든 게 없어서 좋았다. 고등학교 3년을 지옥처럼 보낸 것이 도움이 됐다. 정신적인 고통이 얼마나 괴로운지 질릴 정도로 겪어서 잘 알고 있었기 때문에 신체적인 고통쯤은 견딜 수 있었는지도 모른다. 몸이 괴로울수록 정신은 맑아졌다. 고등학생 땐 어땠나? 몸은 책상 앞에 가만히 앉아 있어서 편했을지 몰라도 머릿속은 끝이 보이지 않는 어두컴컴한 터널 속에 있는 기분이었다. 몸이 힘들면 아무 생각이 안 난다는 걸 직접 겪어보니 알 수 있었다.

　죽을 만큼 힘들었던 훈련도 계속 받다 보니 참을 만해졌다. 시간이 지날수록 머릿속은 그 어느 때보다 쾌청했다. 대입을 준비하면서 스트레스와 함께 온몸에 덕지덕지 붙었던 살도 규칙적인 생활과 혹독한 체력훈련으로 서서히 사라졌다. 마음과 몸이 한꺼번에 해독을 한 듯했다. 대학 입학과 동시에 갑작스럽게 받은 극한 훈련은 마음속에 남아 있던 3년간의 좌절과 고통까지 남김없이 날려버렸다. 소현은 안팎으로 천천히 자신감을 회복해갔다.

해양대는 전원 기숙사 생활이고 대한민국에서 유일하게 섬 자체가 학교인 독특한 입지를 가지고 있다. 시내와 멀찌감치 떨어진 곳이라 갈 만한 장소라고는 술집 몇 군데가 전부였다. 본의 아니게 일과가 지극히 단순해졌다. 주중엔 수업과 훈련을 받은 다음 복장 점검, 위생 점검, 인원 점검 등 각종 점검에 치여 살았다. 주말엔 평일의 피로를 풀기 위해 종일 방에 틀어박혀 있거나 술집을 드나들며 술만 마셨다. 공부, 훈련, 잠, 술, 이 네 가지밖에 할 게 없었다.

뭘 배우는지도 모르고 들어왔지만 공부는 늘 열심히 했고 열심히 한 만큼 학점은 잘 나왔다. 무엇보다 아무 생각 없이 선택한 전공 수업들이 신기할 정도로 적성에 잘 맞았다. 하지만 강의실에서 듣는 전공 수업은 수박 겉핥기 같았다. 빨리 시원한 속살을 한입 베어 먹고 싶은데 딱딱하고 아무 맛도 없는 초록색 껍질만 냅다 핥아먹는 기분이었다. 싫지는 않았지만 그렇다고 딱히 재미를 느끼지는 못했다. 그렇게 대학 생활의 첫 2년이 지나갔다.

하지만 3학년 승선 실습 이후에는 완전히 달라졌다. 2년 동안 책으로만 배운 이론을 실제로 써먹는다는 것이 얼마나 짜릿한지 알게 되었다. 거대한 선박을 움직이는 엔진이 소현의 손끝에서 돌아갔다. 이 체험으로 그동안의 시간이 마냥 의미 없는 삽질은 아니었음을 확인했다. 입학 2년 만에 처음으로 이 길을 쭉 걸어가고 싶다는 생각이 들었다.

동시에 지난 시간들이 후회됐다. 기계처럼 하루를 '살아내느라' 다른 경험은 거의 해본 게 없었다. 같이 승선한 사람들은 유럽여행을 했던 경험, 친구들과 깔깔거리며 즐겁게 쌓았던 추억 등을 양분 삼아 그 과정을 견디고 있었다. 하지만 소현은 꺼내려야 꺼낼 추억이 없었다. 그저 힘들었다, 피곤했다, 이런 기억뿐이었다. 1, 2학년 때 아무것도 안 한 것이 너무 후회되었다. 다시 학교를 간다면 주어진 모든 경험의 기회를 잡으리라 굳게 다짐했다.

공부와 훈련으로 점철된 생활에서 탈피해 새로운 것에 도전했다. 2학기 학교 승선 실습이 시작되자마자 바로 사관부에 자원했다. 사관부는 다른 대학교의 학생회 개념으로 모두 같은 곳에서 생활하고 훈련받는 만큼 일반 대학 학생회보다 학생들과 훨씬 더 밀접한 소통이 가능했다. 학교 배 사관부에서 보급 사관 직책을 맡아 실습선 내 학생들의 관

급품과 매점 관리를 맡았다. 힘겨운 승선 생활을 견디기 위한 체력을 키우려고 크로스핏과 테니스를 꾸준히 했고, 해양 박물관에서 근로 장학생을 하며 필요한 경험을 차곡차곡 쌓아갔다.

이런 활동은 시너지 효과를 내며 공부에도 날개를 달아주었다. 원래부터 적성에 잘 맞았던 선박 공부는 이제 꼭 마스터하고 싶은 분야가 됐다. 밤늦게까지 도서관에서 불을 밝힌 채 공부에 매진했다. 파고들수록 재미있었다. 고등학교 때 억지로 울면서 하던 공부와는 차원이 달랐다. 의대로 진학한 친구들이 공부에 깔려 죽을 것 같다고 괴로워하는 소리를 들으며 의대 안 가길 잘했다는 생각까지 들었다. 스트레스 없이 하고 싶은 공부를 마음껏 할 수 있는 현재 생활이 더없이 만족스러웠다.

멀리 돌아왔고 그 과정은 지난했지만 결국 좋아하는 일을 찾았다. 무난하게 의대에 진학했다면 몰랐을 세상, 무한한 바다가 기다리고 있었다. 그 앞에 서니 가슴이 벅찼다.

이렇게 괜찮은 삶도 있구나. 수능 망쳤다고 인생이 끝은 아니구나. 의대나 SKY를 나오지 않아도 세상에는 꿈을 펼칠 수 있는 다양한 방법이 있었구나!

바다 위에도 길은 있었다.

지옥 같았던

여름방학 해양훈련

────────── 철퍼덕!!!!!

바다가 찢어지는 굉음이 들렸다. 소리의 주인공은 10미터 높이에서 바다로 몸을 날린 소현이었다. 화재가 발생했을 때 배를 버리고 퇴선하는 훈련 때문이었다.

한국해양대학교 2학년 여름방학은 해양훈련을 받는 기간이다. 해양훈련은 대학 생활을 통틀어 신입생 때 받는 적응교육에 이어 두 번째로 고된 훈련이다. 적응교육은 정신적으로 힘들고 해양훈련은 육체적으로 힘들다고들 하는데 실제로 해보니 맞는 말이었다. 적응교육도 육체적으로 힘들어 중도에 그만두기도 하지만 해양훈련에 비하면 새발의 피였다.

해양훈련은 극한의 체력훈련과 함께 바다에서 살아남는 법을 배운다. 훈련 총괄 담당은 해군 특수부대인 SSU에서 특별 초빙한다. SSU의 정식 명칭은 '해난구조대'(Sea Salvage & Rescue Unit)인데 전군 최고 수준의 수중 작전 능력을 보유한 부대이다.● 아무튼 무시무시한 부대라는 뜻이다. 이 무시무시한 부대에서 나온 조교가 대학생이라고 해서 봐줄 리 없었다. 한여름인데도 옆에만 가면 찬바람이 쌩쌩 불었다. 여기에 4학년 중 해양훈련사관을 뽑아 함께 훈련을 진행한다.

훈련 기간은 일주일이 1년처럼 느껴질 만큼 지옥이 따

● 평시에는 인명구조 및 선체인양 등의 해난구조작전, 항공구조작전, 항공기·선박의 해양사고 규명 및 구조 등의 임무를 수행하며, 전시에는 주요 항만 개항유지 지원 및 상륙작전 시 전투구조 임무를 수행한다. 1993년 서해 페리호 여객선 구조, 2002년 참수리 357호정 인양작전 등을 성공적으로 수행했다.

로 없었다. 기본적으로 종일 얼차려를 받는다. 아침에 일어나자마자 얼차려, 점심 먹고 훈련하고, 저녁 먹고 또 얼차려…. 자고 일어나면 손가락 하나 까딱할 수 없을 만큼 온몸이 아픈데 바로 다시 얼차려가 시작된다. 땡볕에 얼차려를 받다 보면 평소 물을 무서워하던 사람도 어서 물속으로 뛰어들고 싶다는 생각밖에 안 든다.

그렇게 바다에 들어갔다 나오면 또 땡볕에서 얼차려를 받는다. 그러다 보면 비 맞은 생쥐처럼 쫄딱 젖었던 옷이 금세 뽀송뽀송 마른다. 그렇게 옷이 마르면 또 바다에 빠뜨리고, 마를 때까지 훈련받기를 반복한다. 참 신기한 게 죽을 것 같은데도 막상 얼차려를 받으면 견디게 된다. 지옥 같은 얼차려 폭탄을 받으며 사람 몸이 쉽게 무너지진 않는구나 싶었다. 그래도 매년 한두 명은 꼭 쓰러져 훈련 장소마다 구급차가 상시 대기한다. 멀리 있는 구급차를 보며 탈진해 저 구급차에 실려 가지 않기 위해 모두 죽기살기로 훈련에 임한다.

훈련 내용을 종합해보면 한마디로 바다에서 살아남는 법을 배운다. 바다에 아무것도 없이 맨몸으로 남겨졌을 때

주위 사물을 이용해 살아남는 법, 동료와 함께 이동하는 법, 구명 뗏목에 올라타는 법, 구명 설비를 이용할 수 없을 때 맨몸으로 바다에 뛰어드는 이선법 등이 그것이다.

몇 가지만 보면, 여럿이 바다에 빠졌을 때를 대비해 앞 사람 허리를 양다리로 잡고 누워 팔로 노 젓듯이 이동하는 연습을 하고, 여의치 않을 땐 페트병 같은 걸 이용해 물에 뜨거나 바지 끝단을 묶고 공기를 넣어 바다 위에 떠 있는 법을 배운다.

떠다니는 텐트처럼 허술하게 생긴 구명 뗏목 위로 올라가자 안에 단백질 바처럼 생긴 비상식량이 있었다. 인간의 한계를 시험하는 듯한 훈련이 거듭되자 모두가 지치고 굶주린 상태였다. 조교가 그걸 먹어보라고 했다. 영화 《설국열차》에 나오는 바퀴벌레로 만든 단백질 바처럼 생겨서 좀 꺼림직했지만 너무 배가 고파서 일단 입에 넣었다. 진짜 맛대가리 하나 없고 꼭 모래알을 씹는 것 같았다.

그런데도 배가 고프니까 한 입 두 입 계속 먹게 됐다. 열심히 먹는 아이들을 쳐다보는 조교의 의미심장한 미소를 보면서 "그거 사실은 바퀴벌레로 만든 거다!"라는 말이 나올까 봐 조마조마했지만 꾸역꾸역 먹었다. 나중에 알게 된 사실인데 비상식량은 일부러 맛없게 만드는 거란다. 맛있으면 실제 상황에서 다 먹어버릴까 봐 아껴 먹으라고. 세심한 배려(?)가 놀라웠다.

해양훈련의 '하이라이트'는 이선법이다. 이선법은 배를 버리고 퇴선하면서 맨몸으로 바다에 뛰어드는 훈련인데 10미터 정도 높이에서 뛰어내려야 한다. 인간이 가장 공포를 느끼는 높이가 11미터라는데 그 높이에 올라가니 정말로 다리가 후들후들 떨려 제어가 되지 않았다.

이선대 위에 올라가니 이미 훈련을 마치고 땡볕에 줄지어 서서 자신만 올려다보고 있는 동기들이 보였다. 시간을 지체하지 않아야 훈련도 빨리 끝날 터였다.

눈 딱 감고 뛰어내리자.

하지만 발을 내딛는 순간, 밑을 보자 무언가에 발목이 잡힌 듯 한 발자국도 내디딜 수 없었다. 사실 소현은 놀이기구 하나도 제대로 못 타는 중증 고소공포증 환자였다. 게다가 아래는 바다였다. 그때까지도 제대로 수영을 하지 못했기 때문에 위도 아래도 공포 그 자체였다.

얼굴이 까무러칠 것처럼 사색이 되자 조교는 혹시 모를 사태에 대비해 예외적으로 좀 낮은 곳에서 뛰어내리게 해줬다. 그 대신 10미터에선 두 번만 뛰어내리면 되는데 밑에선 여러 번 뛰어내려야 했다. 그러다가 좀 적응하는 것 같자 결국은 똑같이 10미터에서 뛰어내리는 것까지 시켰다. 마음의 준비가 될 때까지 기다려주겠다고 철석같이 약속했던 조교는 좀처럼 마음을 먹지 못하자 슬슬 짜증이 났는지 같이 뛰어내려주겠다고 말을 바꿨다. 그런데도 발을 내딛지 못하자 갑자기 뒤에서 등을 확 떠밀어버렸다.

너무 두려워서 이성이 마비됐는지 한없이 추락하는 것 같았다. 소싯적에 어설프게 다이빙하다가 살이 찢어질 뻔한 사람은 알 것이다. 물에 잘못 떨어지면 얼마나 아픈지. 아무런 준비 없이 갑자기 떨어져 완전히 자세를 잘못 잡은 바람에 온몸에 피멍이 들고 말았다. 무서워서 울고, 너무 아파서 울고. 얼굴은 눈물 콧물 범벅이 됐다. 만약의 상황에 대비해 바다 위에서 대기하고 있던 사관들은 통곡하는 소현을 짐짝처럼 끌어내 육지에 올려놓고 쌩 하니 가버렸다. 그걸 기어코 한 번 더 시켰다. 해양훈련을 받는 동안 가장 힘들었던 순간이었다. 얼차려 수백 번 더 받는 게 훨씬 낫다고 느낄 만큼.

끝이 날 것 같지 않았던 고된 훈련도 피날레인 기수 PT 체조 720개를 마지막으로 마침내 끝이 났다. 일주일간의 해양훈련을 되돌아보며 학교 내 부두에서 받은 훈련도 이렇게 끔찍한데 실제 상황은 어떨까 소름이 끼쳤다. 강렬한 여름 햇빛에 화상을 입어 시뻘개진 거울 속 두 눈을 들여다보며 여기서 배운 생존 훈련은 절대 쓸 일이 없었으면 좋겠다고 생각했다.

가슴이 터질 것 같았던

첫 항해

"얼른 먹어, 시간 다 됐다."

아빠의 재촉에 퍼뜩 정신을 차렸다. 아까부터 열 번도 넘게 쳐다본 시계를 다시 보았다. 아주 잠깐 딴생각을 한 것 같은데 어느새 일어나야 할 시간이었다. 탁자 위 짜장면은 이미 불어터져 떡처럼 한 덩어리로 뭉쳐 있었다. 아빠는 조금이라도 먹이고 싶은 마음에 젓가락으로 그 정체모를 음식을 열심히 헤쳤다. 하지만 먹을 기분이 아니었다. 정말이지 국수 한 가닥도 목구멍으로 넘어가지 않았다. 인천 차이나타운에서도 제일 맛있다고 소문난 중국집이었지만 그 유명

세가 긴장을 풀어주지는 못했다.

2018년 1월 17일은 기념비 같은 날이었다. 바로 대망의 첫 항해 실습날이기 때문이다. 과마다 조금씩 차이가 있지만 해양대에서는 3학년이 되면 실제로 승선하여 6개월간 현장에서 일을 배울 기회를 준다. 소현의 과는 한 학기는 회사 실습, 한 학기는 학교 배 실습을 한다. 간혹 회사 실습을 못 간 학생은 두 학기 모두 학교 배 실습을 하기도 한다. 소현은 운 좋게 대기업에서 승선 실습을 할 수 있었다. 이날은 회사 실습 첫날이자 해양대 입학 후 처음으로 배를 타고 바다로 나가는 날이었다. 대부분 회사 선박은 실기사 1명, 실항사 1명을 태우는데 실항사도 모르는 동기여서 부담감이 엄청났다. 또 앞으로 6개월간 망망대해를 떠다니며 집으로 돌아가지 못한다고 생각하니 식욕이 싹 사라졌다.

"마지막으로 땅에서 먹는 밥인데 조금이라도 먹어야지."

안쓰러워하는 아빠의 얼굴과 '마지막'이라는 단어에 눈물이 뚝 떨어질 뻔했다. 결국 짜장면을 한 젓가락도 입에 넣지 못한 채 허겁지겁 집결 장소인 인천항으로 달려갔다. 간단한 확인을 마치고 드디어 첫 항해를 책임질 거대한 선박에 승선했다. 배에 오르면서 선배들에게 귀에 못이 박히도록 들었던 말을 입으로 되뇌었다.

첫인상이 제일 중요해. 그러니까 무조건 인사를 크게 해.

선박 위 기관사들의 모습이 보이기 시작하자 그 넓은 배가 떠나가라 냅다 소리를 질렀다.

"안녕하십니까!!!"

그러자 기관사들이 깜짝 놀란 듯 흘긋 돌아보더니 면박을 주었다.

"조용히 좀 할래?"

돌아가면서 쳐다보는 기관사들의 표정이 좋지 않았다. 바로 인정받긴 힘들어도 나쁜 인상은 주지 않으리라 확신했던 소현은 당황했다. 이게 아닌데. 배에 오르자마자 가시방석이었다. '6개월 동안 장난 아니겠구나'라는 절망감이 훅

스쳐 지나갔다.

그 뒤로는 혼이 쏙 빠진 채로 보냈다. 배 구조부터 난감
했다. 책으로 미리 익히고 갔지만 언제나 그렇듯 이론과 실
제는 달랐다. 무엇보다 독특한 엘리베이터 사용법을 숙지하
지 못해 진땀을 뺐다. 배 엘리베이터는 우리가 일반적으로
알고 있는 것과 달리 문이 하나 더 있다. 일반 엘리베이터는
자동문이 열리면 그냥 타고 내리면 되는데 여기는 자동문이
열린 다음 방문처럼 손잡이를 돌려 열어야 하는 문이 하나
더 있었다. 처음엔 엘리베이터에 갇힌 줄 알고 패닉에 빠지
기도 했다. 이러니 방을 배정받고도 찾지 못해 우왕좌왕한
건 당연했다.

하루가 어떻게 지나가는지 몰랐다. 기관실, 방, 식당만
왔다 갔다 했다. 종갓집에 갓 시집 온 며느리처럼 눈치 보랴
일 배우랴 허리 한번 제대로 펴보지 못했다. 그러던 어느 날
호주에 입항한다는 안내 방송이 나왔다. 허둥대는 사이 벌
써 2주가 흐른 것이었다. 멍하니 서서 2주 만에 만나는 육지
를 바라보았다. 저 멀리 한눈에도 이국적인 호주 글래드스
톤항이 눈에 들어왔다. 셀 수 없이 많은 바닷새들이 육지 근

처 하늘을 뒤덮고 있었다. 장관이었다. 그제야 가슴이 터질 것 같았다.

아, 내가 진짜 태평양을 건너는 배를 타고 있구나.

겨우 2주 만에 보는 육지인데 코끝이 시릴 만큼 반가웠다. 그런 기분을 다 알고 있다는 듯 기관장님이 다가와 말을 건넸다. 사실 첫날 면박을 준 건 사관들끼리 실습생 놀리려고 장난친 거였다고. 너 아주 잘하고 있다고.

처음 보는 태평양, 처음 방문하는 호주, 처음 만난 바닷새떼, 모든 게 처음이었지만 출발이 제법 괜찮다는 확신이 생겼다. 문득 2주 전 젓가락도 못 댄 짜장면이 못 견디게 그리워졌다. 지금 이 기분이면 곱빼기로도 먹을 수 있겠다 싶었다.

토하면서 수업하기

~~~~~

회사 실습에 비해 3학년 동기들이 함께하는 학교 배 실습은 부담감이 훨씬 덜하다. 한국해양대는 '한나라호'와 '한바다호'라는 두 척의 실습선을 갖고 있는데 소현은 한나라호에서 실습했다. 학교 실습선은 교육을 위한 항해 외에는 거의 대부분 학교 내 부두에 정박해 있다. 공간이 배라는 점만 다를 뿐 사실 배 모양 기숙사라고 생각하면 된다. 그렇기 때문에 주말에는 외출과 외박도 가능하다.

실습이 시작되면서 기숙사처럼 방 배정을 받고 승선했다. 배 안에는 1등·2등·3등 기관사 및 항해사, 교육교관이 있어 학생들의 교육 및 각종 점검을 관리했다. 그들은 교대로 당직을 서며 저녁과 아침 청소 점검도 빠뜨리지 않고 철저히 진행했다.

장소가 배로 바뀌었을 뿐 수업도 학교에서와 똑같이 받는다. 수업은 학교 실습과 회사 실습의 가장 큰 차이점이다. 회사 실습은 현장 투입이 주 목적이라 체계적이고 제대로 된 교육은 언감생심이다. 아무것도 모른 채 책만 좀 읽고 온 대학생을 그냥 현장에 던져놓고 기름 닦는 것부터 가르치는 셈이다. 요리 고수가 요리를 배우러 온 사람에게 설거지만 왕창 시키는 것과 똑같다고 보면 된다.

하지만 학교 실습 땐 교수님이 함께 승선해 하나하나 설명해준다. 학교 배 안에는 'Lecture room'이라는 강의실이 따로 있어서 그 안에서 이론 교육을 받은 다음 기관실로 가서 배운 내용을 눈으로 확인하는 식으로 진행됐다. 기관실에서 기기를 같이 돌려보고, 실제 부품을 가져와 구조를 보여주기 때문에 책에서 이론으로만 접했던 내용들을 더 전문적으로 배울 수 있다. 수업이 끝나면 교수님은 배 밖으로 퇴근했다가 아침에 다시 배로 출근했다.

사실 1년 내내 부두에 매여 있는 배라 공간이 바뀌었다는 점만 빼면 대학교 생활과 다를 게 없었다. 그런데 본격적인 항해가 시작되자 확 달라졌다. 출항과 함께 강의실이 움직이기 시작했다!

학교 배는 우리가 생각하는 대형 선박과는 달리 사이즈가 엄청나게 작다. 작은 배의 최대 단점은 흔들림이 심하다는 것이다. 배가 요동치기 시작하면 수업 광경이 상당히 재미있어진다. 단체로 바이킹을 탄 듯 오른쪽 옆자리 친구가 아래로 내려가고 왼쪽 옆자리 친구는 위로 올라간다. 반대로도 마찬가지다. 그 상태로 수업이 계속된다. 신기하게도 교수님은 파도의 영향을 전혀 안 받는 사람처럼 꼿꼿이 균형을 잘 잡고 서 계신다.

수업의 클라이맥스는 뱃멀미였다. 멀미를 거의 하지 않는 소현도 생각보다 흔들림이 심한 학교 배 안에서는 속이 거북해졌다. 주변을 둘러보니 동기들의 표정이 하나같이 좋지 않았다. 어떤 친구들은 속이 많이 불편한지 자리에서 일어나 화장실로 직행했다. 소현도 조금만 더 있으면 토할 것 같은 기분이었다. 찡그린 얼굴로 교수님을 보았는데 이번에도 교수님은 아무렇지 않아 보였다. 역시 배를 오래 타신 분들은 뭐가 달라도 다르구나, 뱃멀미에도 면역이 생기셨나보다 생각했다. 그런 생각을 읽은 듯 교수님은 자신의 실습 시절 이야기를 꺼내셨다.

"나도 처음 배를 탈 때에는 멀미가 너무 심해 승선을 계속할 수 있을까 심각하게 고민한 적이 있었다. 그런데 일주일 정도 토하면 다 적응하더라."

그러면서 뱃멀미는 배 위에서만 하는 게 아니라는 말도 덧붙였다. 트램펄린에서 뛰다가 땅을 밟으면 울렁이는 것처럼 흔들리는 배를 타다 육지에 내리면 또다시 멀미를 한다는 것이다. 뱃멀미만으로도 괴로운데 '땅멀미'까지 기다리고 있다니 청천벽력이었다. 교수님은 망연자실한 얼굴을 보며 재미있다는 듯 껄껄 웃었다.

여유로운 교수님이 새삼 위대해 보였다. 친구들이 토하고 올 동안 속도 달랠 겸 강의실 창 밖에 펼쳐진 바다로 눈을 돌렸다. 육지 근처라서 바다와 섬이 함께 보였다. 유난히 아름다운 그 풍경을 보자 불편한 속이 한결 나아졌다. 멀미

때문에 수업을 듣기 힘들었지만 그래도 뱃멀미를 하면서 강
의를 듣는 건 흔치 않은 경험이었다.

외국에서 연예인 되기

배라는 새로운 공간에서 생활한다는 신기함도 잠시, 일상은 육지 기숙사와 다를 게 없었다. 오히려 안 좋은 점이 더 많았다. 불편함은 주로 협소한 환경에서 비롯됐다. 2층 침대가 두 개 있는 3인 1실을 사용했는데, 한 명이 옷을 갈아입거나 방 한가운데서 뭘 하고 있으면 나머지 두 명은 자리가 없어 침대에서 기다려야 할 정도였다. 혼자만의 공간이나 시간은 꿈도 꿀 수 없었다. 방뿐 아니라 배가 전체적으로 협소해 어딜 가나 동기들이 바글바글했다. 복도에서 양쪽으로 만나면 어깨가 부딪히지 않도록 게걸음으로 걸어야 했다.

소현은 사관부 활동을 겸하느라 4시간 이상 잔 적이 없었다. 좁은 배 안에서 100여 명의 동기와 매일 복닥대며 공부와 실습, 과외 활동까지 해내는 숨 돌릴 틈 없는 시간이었다. 하지만 얼마 후 있을 원양 항해를 기대하며 버텼다. 학교 배는 실습 차원으로 연안 항해와 원양 항해를 나간다. 연안 항해는 국내 다른 항구까지 항해하는 것이고 원양 항해는 외국항까지 며칠간 실제로 항해하는 것이다. 또한, 외국항에 기항하면 3~4일 정도 정박해 상륙이 가능하기 때문에 100명이 넘는 동기와 해외여행을 할 수 있는 기회까지 생겨 모두 손꼽아 이 날을 기다렸다.

원양 항해를 떠나는 날, 가족과 선배, 후배들이 모두 학교 항구에 모여 안전 항해를 기원하는 행사가 열렸다. 소현과 동기들은 깔끔하게 제복을 갖춰 입고 배 위에 일렬로 섰다. 각자 손에는 긴 리본을 말아 쥐고 있었다. 교수님의 신호가 떨어지자 학생들은 일제히 리본을 아래쪽으로 던졌다. 미리 설명을 듣고 기다리던 사람들이 저마다 리본을 잡아주었다. 소현의 리본은 친한 후배가 잡았다. 구름 한 점 없는 새파란 하늘 위로 수많은 리본이 흩날렸다.

와──

여기저기서 탄성이 터져나왔다. 지나가던 사람들도 발걸음을 멈추고 쳐다보았다. 가슴이 터질 것 같았다.

드디어 한나라호가 원양 항해의 닻을 올렸다!

이틀 뒤 한나라호는 중국 청도에 도착했다. 가까운 나라는 비행기 타면 2시간도 안 걸리는 요즘 세상에 배를 타고 느릿느릿 가는 기분은 색달랐다. 새삼스럽게 남들은 평생 한 번 하기 힘든 경험을 참 많이 한다는 생각이 들었다.

원양 항해도 실습의 일환이기 때문에 내려서 관광을 하고 밤에는 다시 배로 돌아와야 했다. 숙박비와 항공료가 전혀 들지 않는 해외여행인 셈이었다. 교수님은 마음껏 즐기고 오라는 '특명'을 내렸다. 친구들과 함께 고삐 풀린 망아지처럼 돌아다녔다. 개인적으로 회사 실습 때 잠깐 내렸던 호주를 제외하고 외국은 처음이었다. 정말 원 없이 놀았다. 맛있어 보이는 것, 먹고 싶었던 것, 신기해 보이는 것은 다 먹어봤고, 유명한 관광지는 빼놓지 않고 들어갔다.

힘들었던 학교생활을 보상받기라도 하듯 완전히 자유였다. 단 한 가지 규정만 지키면 됐다. 해외 상륙 시 반드시 제복을 입어야 했다. 단체로 제복을 맞춰 입은 사람들은 어디서나 시선을 끈다. 하물며 각 잡힌 군대식 제복과 모자까지 똑같이 맞춰 쓴 여대생들은 말할 것도 없었다. 항구에서 벗어나자마자 현지인들의 호기심 어린 시선이 집중됐다. 하나같이 신기해하는 표정이었다. 찰칵찰칵 플래시 세례를 받기도 했다.

들른 도시마다 현지인들의 반응은 비슷했다. 다양한 질문을 받았고 졸졸 따라오는 사람들도 있었다. 같이 사진을 찍어달라는 요청도 많이 받았다. 연예인이 된 기분이었다. 팬 서비스하듯 말이 안 통하는데도 손짓 발짓까지 동원해 그들의 요구에 최대한 응해줬다. 관광을 마치고 배로 돌아오면 친구들끼리 그날 찍은 사진을 돌려가면서 보고 재미있었던 에피소드를 나누면서 밤새워 깔깔거렸다.

원양 항해의 마지막 도시인 오사카에서는 유명한 덴포진 대관람차를 탔다. 마침 오사카항 바로 앞에 있어서 귀선하기 직전 마지막 운행 시간에 맞춰 탑승할 수 있었다. 일본

소중한 추억은 험난한 인생길에서

그만큼의 힘을 발휘한다.

인들이 일생에 한 번은 꼭 본다는 관람차에서의 오사카 야경을 꼭 보고 싶었다. 관람차는 전체가 투명해 사방을 감상할 수 있었다. 멋진 오사카 야경을 넋을 잃고 보다가 문득 뒤를 돌아보았다. 오사카항에 정박한 한나라호가 불을 밝히고 있었다.

"애들아, 저기 우리 배 있어!"

밖에서 보는 한나라호는 꼭 빛의 도시처럼 영롱하게 반짝이고 있었다. 오사카의 야경도 아름다웠지만 배는 더 환상적이었다. 관람차에서 내려 기념사진을 찍는데 이곳에서도 일본인들이 와서 같이 사진을 찍어달라고 했다. 그들의 요청대로 관람차를 배경으로 한 장, 한나라호를 배경으로 또 한 장을 찍어주었다.

다음 날 중국 청도, 일본 히로시마, 오사카 등 약 3주에 걸친 원양 항해를 마친 한나라호는 다시 부산으로 출발했다. 해양대 졸업생들은 대학 생활 중 가장 즐거웠던 기억을 꼽으라면 주저 없이 이 원양 항해를 꼽는다. 긴 해양대 생활을 놓고 보면 꿀처럼 달콤한 시간은 아주 잠깐이다. 그러나

찰나라서 더 찬란했던 이 기억 덕분에 무사히 학교를 졸업하고 배를 탈 생각까지 할 수 있었다. 소중한 추억은 험난한 인생길에서 그만큼의 힘을 발휘한다.

바이킹의 후예와

장보고의 후예

———————— 덴마크는 유럽 북단에 위치한 먼 나라다. 우리에겐 유럽에 있다는 사실과 안데르센, 요거트의 나라 정도로만 알려져서 나라 이름은 알아도 관련 지식은 거의 없는 나라이기도 하다. 이 덴마크가 바이킹의 후예라는 걸 아는 사람도 많지 않다. 바이킹의 후예는 스웨덴이라고 많이들 알고 있는데 사실 전 세계에서 바이킹 관련 전시가 가장 잘 되어 있는 곳이 덴마크 수도 코펜하겐의 국립 박물관이다.

바이킹의 조선술과 해양술은 '경이로울 정도로' 대단했다. 그런 위대한 해양술을 가진 바이킹의 후예인 덴마크 대학생들이 지구 반대편, 한국의 해양대학교에 교환학생으로 왔다는 소식에 호기심이 발동했다. 한창 학과 공부에 재미를 붙일 때였다. 세계지리 시간에나 보던 덴마크 학생이 교환학생으로 왔다는 것 자체가 신기한 데다가 과연 그런 나라에서 온 학생들의 해양 지식은 어떤지 궁금했다. 바이킹의 선진 기술을 배워보고 싶었다.

마침 그들과 함께 프로젝트를 진행하는 기회를 가질 수 있었다. 원활한 첫 만남을 위해 구글에서 덴마크를 검색했다. 안데르센, 요거트, 바이킹 등과 함께 덴마크 왕자 사진들이 쭉쭉 올라왔다. 안데르센의 나라답게 동화 속 왕자님처럼 생긴 사진들을 보며 한껏 기대에 부풀었다.

하지만 직접 만난 그들은 왕자님도, 바이킹도 아니었다. 그냥 평범한 대학생들이었다. 다만 피부가 하얗고 머리가 까맣지 않을 뿐이었다. 그렇지만 실망하긴 일렀다. 저쪽은 북유럽의 거칠고 차가운 바다를 누비던 바이킹의 후예 아닌가. 평범한 외모 뒤에 범상치 않은 기술을 감추고 있을 게 분명했다.

덴마크어가 따로 있음에도 그들은 영어를 무척 잘했다. 나름대로 영어를 할 줄 안다고 생각했는데 그들의 말을 바로바로 받아치기엔 한계가 있었다. 대화는 점점 짧아졌고 더 이상 할 말이 없어졌다. 구글에서 본 것들을 재빨리 떠올려봤지만 안데르센밖에 생각나지 않았다. 인어공주 얘기라도 해야 하나 망설이던 머릿속에 문득 편의점에서 매일 사 먹던 덴마크 드링킹 요거트가 퍼뜩 스쳤다. 다짜고짜 첫 마디를 던졌다.

"Do you actually eat a lot of yogurt in Denmark?"

그러자 어색해하던 덴마크 학생들이 갑자기 활짝 웃기 시작했다. 그렇지, 덴마크는 역시 요거트의 나라야. 순식간에 분위기가 화기애애해졌다. 요거트로 하나 된 그들은 갑자기 친해졌다. 함께 준비한 프로젝트는 선박 배기가스 처리 기술에 관한 내용이었는데 지금 생각해보면 정말 말도 안 되는, 초등학생 일기처럼 부끄러운 수준이었다. 그들은 핏줄만 바이킹의 후예일 뿐 해양술에 대해선 한국 학생들보다 아는 게 없었다. 우리가 이성계의 후예라고 해서 모두 신궁이 아닌 것처럼 말이다.

바이킹의 후예들에게 배에 대해 가르쳐주며 초등학교 때 외운 '한국을 빛낸 100명의 위인들' 가사가 정말 맞다는 걸 알았다. '바다의 왕자 장보고'. 바이킹까지 갈 것도 없이 우리 역사 속에도 바다를 호령하던 장군이 있었다. 신라인이었던 장보고의 활동 시기는 바이킹이 왕성하게 활동하기 시작하는 시기와 대략 겹친다. 물론 노르딕 바다를 주 무대로 삼았던 바이킹과 신라, 일본, 당나라를 오가던 장보고가 만났을 리는 만무하다. 하지만 그 시절 장보고와 바이킹이 한판 붙었다면 어땠을까 하는 흥미진진한 상상의 나래를 혼자서 펼쳐보았다.

프로젝트를 무사히 마친 뒤 가진 뒤풀이 자리에서야 드디어 그들이 바이킹의 후예라는 걸 확인할 수 있었다. 그들은 술고래였다. 해양대 동기들의 주량도 둘째가라면 서러워할 수준이었지만 덴마크 학생들은 안주도 없이 맥주를 입으로 들이부었다. 술 실력도 실력이다. 해양술에선 뒤졌지만 맥술에선 이긴 덴마크 학생들과의 즐거웠던 프로젝트 마지막 날은 그렇게 저물었다.

무너졌던 자존감을

세워준 바다

"배 타고 나가면 기분이 어때?"
"기관부에서 어떤 일들 하는 거야?"
"태풍이 오면 어떻게 해?"
"타이타닉 뭐 이런 느낌이야?"
"돈 진짜 많이 받는다! 어떻게 취직한 거야?"

———— 오랜만에 만난 친구들의 질문은 끝이 없었다. 배를 타기 시작하면서부터 친구들의 관심은 거의 폭발 수준이었다. 워낙 특이한 직업이라 가까운 사람들에게조차 호기심의 대상이 됐다. 소현을 바라보는 눈빛도 달라졌다. 쏟아

지는 질문세례에 하나하나 답하며 속으로 슬며시 미소를 지었다.

고교 동창들은 대부분 의대 계열 혹은 누구나 선망하는 대학에 진학했다. 한때 꿈이었던 의사의 길을 걷고 있는 친구들을 보며 상실감이 전혀 없었다고 하면 거짓말이다. 한동안은 SKY를 가지 못한 창피함에 동창들과 연락을 끊고 지낸 적도 있었다. 하지만 용기를 내어 다시 만난 친구들은 오히려 파격적인 소현의 진학 행보에 관심을 표했다.

친구들과 이야기를 나누면서 문득 상산고 시절이 떠올랐다. 학교 다닐 때 보면 병풍 같은 친구들이 있다. 잘나가는 친구들의 뒤를 배경처럼 깔아주는 존재. 그림자 같기도 한 그 아이들은 존재감이 미약해 졸업 후 돌아보면 무채색처럼 얼굴조차 기억나지 않는 경우도 많다. 소현은 자신이 그런 존재라고 생각했었다. 중학교 때까지만 해도 항상 최상위 성적을 유지했기에 허탈감은 더욱 컸다. 늘 노력만큼 나오지 않는 성적에 절망했고 그렇게 학창 시절은 조용히 저물었다.

중학교 때까지는 이름보다 '전교 1등'으로 불린 때가 더 많았다. 당연히 자존감이 하늘을 찔렀다. 하지만 고등학교 진학 후 단숨에 전교 꼴찌권으로 떨어졌다. 정상에 한 번도 오르지 못했던 사람보다 한 번이라도 올랐다가 떨어진 사람이 더 못 견디는 법이다. 할리우드 톱스타들이 전성기를 지난 뒤 무너진 자존감을 이겨내지 못해 마약 중독에 빠지는 기사를 흔하게 접할 수 있다. 소현 역시 한순간에 나락으로 떨어진 '비운의 톱스타'였다.

그러나 거기에 머무르고 싶진 않았다. 대학 입시에 실패했다고 절망했을 땐 겨우 스물, 인생이 겨우 꽃 피기 시작하는 나이였다. 비록 의대에 진학해 성공한 인생을 살겠다던 꿈은 사라졌지만 자포자기하기에 세상은 넓었다. 세상에는 의사가 아니라도 성공하는 다양한 방법이 있다는 걸 무엇보다 자신에게 확인시켜주고 싶었다. 그 마음은 힘들었던 해양대 4년을 버티는 원동력이 됐다. 엄마에게 농담 반 진담 반으로 "동창회에 벤츠 타고 나가겠다"라고 호언장담하며 주어진 환경에서 최선을 다했다. 그 노력과 의지는 배신하지 않고 두 배, 세 배의 기쁨으로 보답해주었다.

"귀하는 2020년도 정기신채사관 입사전형에 최종 합격하셨으며 진심으로 축하드립니다."

졸업과 동시에 한 해운회사에 정식으로 합격했다. 이 회사는 한국해양대에서 여성 3등 기관사를 딱 한 명 채용하였는데 그 자리를 차지한 것이다. 밑바닥으로 내려가 있던 자존감이 힘차게 달려 올라오는 소리를 들었다. 감춰져 있었던 당당함이 마침내 다시 모습을 드러내고 있었다.

남들 다 하는 건

재미없지!

보통 사람들은 어느 회사에 취직할까를 고민하지만 소현의 경우 육지에 남을지 바다로 나갈지를 결정해야 했다. 해양대 해사대학을 나왔다고 해서 모두가 바다로 나가는 건 아니다. 지상직으로도 얼마든지 일할 수 있다. 하지만 최종적으로 바다로 나가는 걸 선택했다. 여기엔 몇 가지 이유가 있었다.

처음부터 배를 타겠다고 결심하고 대학 생활을 한 건 아니었다. 대학에서 배운 전문 지식을 실제로 써먹고 싶다는 막연한 생각을 품고는 있었지만 '설마 내가 바다로?'라는 생각이 더 컸다. 그러다가 3학년 때 회사 실습을 다녀오면서 배를 타야겠다는 생각이 확고해졌다. 직접 배를 타자 수업 시간에 아무 생각 없이 달달 외운 것들이 생명력을 갖추고 살아나기 시작했다. 책으로만 확인했던 이론들이 보란 듯 걸어나와 현장에서 기기를 고치는 데 쓰인다는 게 너무 신기하고 재미있었다.

예를 들어, 전공 서적에 '부하가 많이 걸리면 Amp(암페어, 즉 전류치)가 올라간다'는 문장이 있었다. 부하가 뭔지, 암페어가 뭔지도 모른 채 문장을 통째로 외워두긴 했다. 그런데 배에 타서 보니 기계에 문제가 있거나 로드가 많이 걸리면 정말로 암페어 지시값이 평소보다 올라갔다. 기계에 문제가 생기거나 컨디션이 바뀌었다는 걸 바로 파악할 수 있는 지표였다. 그런 것들이 눈앞에서 생생하게 벌어진다는 게 짜릿했다.

"역시 현장이지 말입니다."

드라마 《미생》에서 한석율이 현장의 힘을 강조할 때 자주 쓰는 말이다. 책에선 찾기 어려운 현장만의 노하우와 분위기를 알아야 일을 제대로 할 수 있다는 뜻인데 배를 타보니 그게 바로 이런 거였구나 싶었다. 책상머리에서는 절대 알 수 없는 현장의 매력에 빠져버렸다. 성격도 한몫했다. 원래 책상에 가만히 앉아 컴퓨터만 들여다보는 것보다 몸을 움직여 직접 부닥치는 데서 만족을 느끼는 타입이었다.

여기에 운도 따라주었다. 실습 때 폭언, 폭력 등 부당한 대우를 받아 죽어도 배는 못 타겠다는 동기들이 종종 있었다. 소현은 다행히 좋은 사람들을 만나 실습이란 걸 제대로 해봤다. 하나라도 더 가르쳐주려는 선배들 밑에서 많은 걸 배우는 행운을 누린 덕분에 선박 기관사를 직업으로 해야겠다고 마음먹을 수 있었다.

몰랐던 성향도 발견했다. 자신이 외로움을 별로 타지 않는 성격이라는 걸 처음 알았다. 이게 직업을 결정하는 데 그리 큰 영향을 미칠까 싶겠지만 바다에 나가보면 그렇지 않다는 걸 금방 알게 된다. 선박 기관사는 익숙했던 모든 것과 결별한 채 바다 위에 '갇혀' 지내며 외로움과 사투를 벌여야 하는 직업이다.

그런데 가족이나 친구들과 오래 떨어져 지내도 별로 스트레스를 받지 않았다. 이건 절대 노력으로 해결되는 문제가 아니기 때문에 배 탄 경력이 꽤 되는 선배들은 소현을 천생 뱃사람이라고 인정했다.

어린 나이에 돈을 많이 벌 수 있다는 점 역시 무시할 수 없는 매력으로 다가왔다. 넉넉지 못한 가정에서 힘겹게 뒷바라지하는 부모님을 보고 자라 돈의 중요성을 남들보다 일찍 알아버렸다. 돈 때문에 쪼들리면서 하고 싶은 거 못하고 살고 싶지는 않았다. 배를 타면 지상직보다 월급이 훨씬 세기 때문에 기왕 일한다면 그쪽으로 해야겠다고 마음먹었다.

험한 바다로 나가겠다는 결정을 알렸을 때 부모님은 걱정을 많이 하셨다. 대학 4년 생활과 실습 과정을 옆에서 고스란히 지켜보았기에 얼마나 위험하고 힘든 길인지 잘 알고 계셨기 때문이다. 하지만 취미조차 평범한 걸 거부하는 딸의 성향과 뭐든지 기왕 할 거면 제대로 해보자는 의지 또한 잘 알고 계셨기 때문에 걱정을 뒤로 한 채 격려와 응원을 보내주셨다. 친구들은 머리털 나고 처음 들어보는 직업이라면서 무척 신기해했다.

해기사 3급 면허를 소지하면 가산점을 받을 수 있는 공무원직이 굉장히 많기 때문에 동기들 역시 너도나도 공무원 쪽으로 몰려들었다. 해양대 졸업생들은 매년 해양수산부, 해양경찰청, 기상청, 문화재청, 교육청, 국방부, 해군, 공군 등등으로 원서를 넣는다.

승선 생활을 해야 하는 선박 기관사는 같은 공부를 한 남자 동기들도 선뜻 나서지 못할 만큼 극한 직업이다. 하지만 오히려 그 희소성을 즐기고 싶었다. 남들 다 하는 건 재미가 없었다. 똑같은 면허를 갖고 똑같이 공부해서 1년 365일 바다가 보이지 않는 책상에 앉아 사무를 보는 일은 원치 않았다. 남들이 안 가는 길을 가보고 싶었다.

2

바다의

심장을

만지다

슬기로운 의사 같은

선박 기관사 생활

──────── 직업이 선박 기관사라고 하면 사람들의 반응
은 대개 비슷하다.

"배 고치는 일이야?"
"기관사면 배 운전은 할 줄 알아?"
"배가 고장 안 나면 뭐 해?"

모두 선박 기관사라는 직업을 잘 몰라서 하는 질문들이
다. 당연하다. 소현도 해양대에 들어가기 전까지는 이 직업
의 존재 자체도 몰랐으니까.

2020년 최고의 화제작이었던 tvN 드라마《슬기로운 의사 생활》. 외장하드로 배달된 이 드라마를 바다 한가운데서 시청했다. 남는 시간을 때우기 위해 아무 생각 없이 틀었는데 첫 회부터 알 수 없는 기시감이 들었다. 드라마를 보면서 고등학교 시절 꿈이 떠올랐다. 스물다섯이 된 지금은 너무 오래된 일이라 잊고 지내던 꿈, 의사였다. 비록 대입에서 고꾸라지면서 완전히 다른 길로 와버렸지만 의사와 선박 기관사는 의외로 많이 닮은 점이 많았다.

의사가 환자를 다루듯 선박 기관사는 기계를 다룬다. 의사가 담당 환자의 병을 고쳐주기 위해 처방하고 치료법을 연구하듯 기관사 역시 담당 기계가 아프면 계속 손을 봐주고 기계를 고치기 위해 끊임없이 연구하고 노력한다. 물론 사람의 생명을 다루는 의사와 기계를 만지는 선박 기관사의 일에는 분명 비교할 수 없는 차이가 있다. 또한 선박 기관사가 되는 과정이 아무리 힘들고 고되다 한들 의사가 되기 위해 치르는 노력이나 희생과는 비교불가일 것이다.

그러나 의사가 사람의 생명을 다루는 것처럼 선박 기관사는 배의 생명과도 같은 엔진을 담당한다. 엔진이 고장 나면 배는 망망대해에 그대로 서버린다. 최악의 경우 배가 침몰하면 배에 탄 사람들도 운명을 같이하는 것이다. 그렇게 따지면 배의 엔진을 만지는 선박 기관사의 일이 사람의 생명과 직결되어 있지 않다고 할 수 없다. 실제로 뱃사람들끼리는 선박의 엔진을 '심장'이라고 부른다. 선박 기관사는 선박의 심장을 고동치게 하는 막중한 책임을 지고 있는 자리다. 자연스레 기계의 상태가 좋지 않으면 잠도 못 잘 정도로 걱정하고 살핀다.

모르는 사람들은 배를 탄다고 하면 무조건 다 선장이라고 생각한다. 기관사라고 설명해도 그게 배를 운전하는 거 아닌가 하고 단순하게 생각하곤 한다. 그러나 배는 그렇게 단순하게 돌아가지 않는다. 인체와 흡사하다. 기관사는 매뉴얼대로 기기를 다루는 직업이지만 의외로 감각에 의지하는 부분도 많다. 기기가 평소보다 뜨겁거나 진동이 심하면 문제를 의심해야 한다. 레이저 온도계가 있지만 늘 휴대하고 다닐 수는 없어서 오감으로 많은 걸 판단한다. 의사가 환자의 이마가 뜨겁거나 숨소리가 거칠면 추가로 검사를 하거나 다른 병을 의심하는 것과 똑같다. 실습 때 배운 것도 '손의 감각을 기억하라'였다. 정상인 기기의 온도와 진동 정도를 잘 기억해놓았다가 이것과 다른 느낌이 오면 이상을 의심하라는 것이다.

겉모습도 비슷하다. 폐쇄적인 수술실에서 초록색 외과 수술복이 피투성이가 된 채 환자를 살리기 위해 비지땀을 흘리는 의사. 의학 드라마에서 자주 보는 장면이다. 선박 기관사도 별반 다르지 않다. 의사의 흰색 가운처럼 새하얀 작업복을 입고 바닷바람 한 점 들어오지 않는 기관실에 틀어박힌 채 구슬땀을 흘리며 일하다 보면 얼굴과 작업복은 온통 검댕투성이가 된다. 그 상태로 한쪽은 사람을 살리기 위해, 다른 한쪽은 기계를 살리기 위해 안간힘을 쓴다.

한번은 이런 적이 있었다. 소현이 담당한 기계가 아무리 고쳐도 말을 듣지 않았다. 매뉴얼을 정독하고, 이것저것 컨디션을 보았지만 원인을 알 수 없어 기계 앞에서 망연자실하고 있었다. 그때 지나가던 동료 기관사가 말해주기를, "니가 개한테 애정을 안 줘서 그래. 사람이라고 생각하고 허심탄회하게 대화해봐. 정 안되면 뽀뽀도 해주고." 슬기로운 의사생활에서도 늘 의사들이 환자들 마음까지 보듬어주던데. 애네도 똑같은 걸까라는 엉뚱한 생각도 해봤다.

이제는 예전의 꿈을 잊었을 만큼 선박 기관사 생활에 만족한다. 그래도 의학 드라마를 보니 '의사가 됐으면 어땠을까'라는 생각이 드는 것도 사실이었다. 영원히 안고 가야 할, 못 가본 길에 대한 상념 같은 감정인 듯하다. 하지만 의사에 더 이상 미련은 없다. 이제 돌보고 고쳐줘야 할 것은 사람이 아니라 기계다. 선박 기관사니까.

의사가 환자를 다루듯 선박 기관사는 기계를 다룬다.

의사가 담당 환자의 병을 고쳐주기 위해 처방하고 치료법을 연구하듯

기관사 역시 담당 기계가 아프면 계속 손을 봐주고 고치기 위해

끊임없이 연구하고 노력한다.

선박 기관사가 대체

뭐 하는 직업이야?

─────────── 선박 기관사가 여러 면에서 의사와 닮았다는 이야기는 앞에서 했지만 그래도 무슨 일을 하는지 여전히 감이 오지 않을 것이다. 그래서 준비했다.

선박 기관사는 이런 일을 합니다

선박 기관사의 일은 크게 두 가지로 나눌 수 있다. 운영 (Operating)과 유지보수(Maintenance). '운영'(Operating)은 자신의 담당 기기를 기동하고 정상적인 기동상태를 유지하는 것이다. 소현은 발전기와 조수기 담당이라서 이 기기를 돌릴 일이 있으면 켜고 꺼야 할 때 끄는 역할을 한다.

　기기 하나를 켜고 끄는 게 무슨 대수냐고 생각하겠지만 선박 내 기기 대부분은 컴퓨터처럼 전원만 틱 켠다고 켜지는 게 아니다. 시동 절차라는 게 있어서 관련 밸브들을 라인업 해주는 등의 전문적인 작업이 필요하다. 예를 들어 해수를 담수로 만드는 조수기는 물을 생산할 수 있는 완벽한 상태에 오르기까지 약 2시간이 걸린다. 해수 공급, 진공 형성을 위한 스팀 공급, 해수를 가열하기 위한 스팀 공급 등 세 가지의 라인을 살려야 하는데 조수기 온도를 올려 실제로 쓸 수 있는 물을 만들기 위한 컨디션을 맞추는 데 대부분의 시간을 쓴다.

　또한 '유지보수'(Maintenance)가 있다. 기기도 사람처럼 지속적으로 관리를 해줘야 한다. 주기적으로 내부를 소제한다든지, 분해해서 검사한다든지, 구성 부품을 갈아주는 등의 조치가 필요하다. 사람이 주기적으로 정기 검진을 받고 그에 따라 치료할 일이 생기면 치료를 받는 것과 같은 이치다.

유지보수는 자체 시스템에 필요한 부분이 뜨기 때문에 이 리스트를 중심으로 작업을 짜서 한다. 리스트에 뜬 것만 관리하는 건 아니다. 그 외에도 수시로 기기의 상태를 파악해야 한다. 어딘가 누설부가 생겼다든지, 갑자기 이상한 소음이 들린다든지, 평소와 온도나 압력이 달라지는 부분을 항상 숙지하고 있어야 한다. 그래야 이상 상황이 발생했을 때 바로 조치가 가능하다.

입출항 때는 더욱 바빠진다. 선박은 입항시가 가장 위험하다. 항구에 들어가면서 배의 속도가 점점 줄어드는데 기기 상태가 항해 중과 완전히 달라지기 때문에 혹시 모를 사고에 대비해 기관부 전원이 기기의 컨디션을 주의해서 살펴야 한다.

배가 완전히 정박하면 화물 하역작업이 이루어지고 그 사이 기관부는 항해 중에 하지 못하는 정박 작업을 하고 돌아가면서 당직을 선다. 또 화물 하역에 필요한 기기 운영도 해줘야 한다. 지금 타고 있는 배는 2주마다 한국과 호주에 입항하기 때문에 이 작업을 2주마다 반복한다.

만 2년 동안 승선하면서 한 가지 깨달은 바가 있다. 선박은 경험치가 중요하다는 것. 물론 어느 정도 경험이 쌓이면 업무 능력이 올라가는 건 다른 직업군도 마찬가지겠지만 배는 특히 그렇다. 배에서는 체계적인 인수인계나 교육이 이루어지기 어렵다. 심한 경우에는 전임자 얼굴도 못 보고 교대되는 경우가 있고, 다들 자기 할 일이 바쁘기 때문에 후임을 교육하기도 어려운 실정이다. 그래서 일하다가 모르는 부분이 있으면 기기를 만든 회사에서 배부한 지침서나 과거 자료를 참고해 혼자 맨땅에 헤딩하듯 익혀나가야 한다.

그래서인지 배 타는 사람들 사이에는 우스갯소리가 있다. 배에 대해 아무것도 모르는 사람이어도 그냥 얼마간 타기만 하면 다 일할 수 있다는 것. 이런 단점을 보완하기 위해 가끔 담당자가 맡은 기기에 대해 OJT(On Board Job Training)를 하기도 한다. 말 그대로 승선해서 일하는 데 필요한 지식을 다른 사람들에게 교육해주는 것이다. 동료 사관이나 선임의 OJT를 통해 부족한 부분을 어느 정도나마 보충할 수 있다.

선박 기관사는 어디에나 있는 엔지니어의 일종이지만

선박에 필요한 기계들을 만진다는 면에서 전문성이 돋보이는 직업이다. 자신을 대체할 수 있는 인력이 없다는 건 제법 뿌듯한 기분이다. 그런 점에서 선박 기관사의 자부심은 상당하다고 할 수 있겠다.

화장이 뭔가요?

2021년 여름은 날씨가 미쳤었다. 장맛비도 찔 끔 오다 말고 7월 초부터 기온이 35도를 넘나들더니 급기야 37도를 찍었다. 기록적인 무더위라고 뉴스에서 연일 난리였다. 하지만 배에서 이 정도 온도는 일상이다.

선박의 기관실 온도는 기본 40도를 넘나든다. 각종 기기들이 24시간 돌아가고 있기 때문에 거기서 나오는 열기가 엄청나다. 아침에 출근해 작업을 하려고 기관실 문을 열면 열기가 훅 끼치면서 사우나에 들어가는 기분이다. 선종과 항해 지역에 따라 50도를 넘어가는 배도 많다. 여름의 선풍기를 생각하면 이해가 쉽다. 삼복더위에 종일 선풍기를 돌리다 보면 선풍기 자체가 열을 받아 불같이 뜨거워진다. 1년 365일 24시간 기기가 돌아가는 기관실이 딱 그 상황이다.

휴우―

오늘 아침도 거울 속 얼굴을 보고 한숨을 푹 쉬었다. 한창 멋 부릴 나이인 스물다섯에 비비크림 하나 바르지 않은 허여멀건한 민낯이 유난히 안쓰러웠다. 처음 배를 탈 땐 멋모르고 화장품을 챙겨왔다. 직장인이 으레 그렇듯 단정한 외모는 사회인의 기본 매너라고 생각했다. 하지만 기관실의 열기를 미처 계산에 넣지 못한 오판이었다. 사계절 내내 삼복더위를 불사하는 기관실에서 일하다 보면 땀이 비 오듯 흐른다. 어차피 화장을 해도 다 번지고 지워져 아무 의미가 없었다.

오전 8시부터 약 한 시간 반가량 '데이 워크'(Day work, 기관실 작업 시간)를 마치고 ESCR(Engine Sub Control Room: 기기 관리실)로 들어갔다. ESCR은 기기를 총괄하는 공간으로 온도가 높아지면 제어 장치들이 고장 나기 때문에 배 안에서 24시간 에어컨이 돌아간다. 그래서 휴식은 이곳에서 취한다.

1년 365일 40도 폭염에서 일하다 보니 기관사들의 불쾌지수는 장난이 아니다. 기관부 작업 특성상 혼자 하는 일은 별로 없고 몇 명이 협업을 해야 하는 경우가 많은데 더운 와중에 문제라도 발생하면 서로 기분 상하기 십상이다. 그래서 반드시 중간에 휴식 시간을 가진다. 휴식 없이 계속 일하면 기분 문제를 떠나 건강이 위험할 수 있기 때문에 쉬고 싶지 않은 사람도 무조건 쉬어야 한다. 물론, 이 무더위에 쉬고 싶지 않은 사람은 한 명도 없다.

땀범벅이 된 몸을 소파에 털썩 내던졌다. 이제 아침 루틴 겨우 한 텀 돌았는데 속옷까지 푹 젖었다.

시원한 물을 벌컥벌컥 들이키면서 맞은 편 거울에 비친 얼굴을 봤다. 노메이크업 수준을 넘어선 처참한 몰골이었다. 화장은커녕 더러운 검댕이 얼굴 여기저기에 제멋대로 묻어 있었다.

그래, 난 그냥 이대로도 예뻐.

마인드컨트롤을 위해 열심히 자기 최면을 걸고 있는데 옆에서 남자 기관사들이 나누는 이야기가 들렸다.

"나 머리 너무 길었는데 니가 좀 잘라주라. 다음번엔 내가 잘라줄게."

이 말을 하는 3기사의 머리카락은 커튼처럼 눈과 귀를 뒤덮은 상태였다. 육지에서는 발에 차이는 미용실이 망망대해를 떠가는 배 위에는 있을 리 없었다. 승선 기간이 짧으면 그나마 버티겠지만 짧게는 6개월, 길게는 1년 넘게 내리지 못하니 머리를 안 자르고 놔두면 본의 아니게 자연인이 된다. 물론 육지에 내릴 때까지 그 상태 그대로 지내는 사람도 있다. 그래서 배 안에서는 영화 《캐스트어웨이》에서 무인도에 표류된 톰 행크스처럼 머리카락과 수염을 길게 기르고 다니는 사람을 간혹 볼 수 있다.

하지만 대부분은 배에서도 머리를 자른다. 외모도 외모지만 안 그래도 더운 기관실에서 머리까지 길면 더 짜증이 나기 때문이다. 미용사가 없는 배 위에서 머리를 자르는 방법은 딱 하나. 서로 잘라주거나, 자기가 자르거나. 체육관 한쪽 구석에 바리깡, 미용 가위 등을 놓은 이발소 비슷한 공간이 따로 있어 선원들은 이곳을 이용한다.

머리를 잘라줄 여자 동료가 없는 소현은 자기 머리를 자기가 자른다. 뒷머리는 너무 길면 고무줄로 질끈 묶고 앞머리만 손으로 휘어잡고 뭉텅 자른다. 목으로 흘러내리는 머리카락 뭉텅이가 땀에 달라붙어 자꾸 신경을 거슬러 홧김에 뒷머리까지 싹둑 잘라버린 적도 있었다.

그럴 때면 꼭 영화 속 스파이가 된 기분이다. 적에게 발각되지 않도록 누추한 모텔에 숨어들어 정체를 숨기기 위해 외모를 바꾸는 미모의 여자 스파이. 화장실 거울 앞에 서서 자기를 뚫어져라 쳐다보다가 결심한 듯 커다란 가위를 한 손에 잡고 머리를 싹둑 잘라버린다. 영화에서는 대강 잘라도 마치 일류 헤어 디자이너처럼 멋진 컷이 나오지만 안타깝게도 미용 실력이 그 정도는 아니었다. 기관실 열기를 아직 씻어내지 못해 꾀죄죄한 얼굴에 쥐 뜯어 먹은 것 같은 앞머리를 보고 있으면 가끔은 울고 싶어진다.

일을 위해 미(美)를 추구할 권리를 잠시 미뤄두고 오늘도 40도가 넘는 폭염 속에서 구슬땀을 흘린다. 육지와 달리 배 위에선 아무리 기다려도 시원한 가을이 오지 않지만 그래도 청춘의 열기로 뜨거운 기관실의 온도를 견뎌낸다.

기관실 소음

ASMR

벌써 몇 번째 화장실과 부엌을 들락거렸는지 모른다. 식탁 위 벽시계는 새벽 2시를 가리키고 있었다. 시간이 지날수록 정신이 점점 또렷해졌다. 엊그제 배에서 내려 꿈에 그리던 집에 와 누웠건만 잠이 들지 않아 미쳐버릴 것 같았다. 하선해서 며칠 동안은 빼놓지 않고 겪게 되는 '시차 적응' 같은 시간이었다. 외국에서 오랜만에 돌아온 사람들이 시차 적응으로 한동안 애를 먹듯 배에서 내리면 며칠 동안은 육지의 고요함에 적응해야 한다. 어느새 귀가 선박 기관실의 무지막지한 소음에 익숙해진 탓이었다.

선박 기관실의 소음은 매우 심하다. '매우'라는 표현이 막연하게 들릴 수도 있는데, 어느 정도냐 하면 바로 옆에 있는 사람 말소리도 들리지 않을 정도다. 기계가 많은 곳이니 기계 돌아가는 소음은 당연하지만 직접 들어보지 않은 사람은 상상도 못 할 정도로 시끄럽다. 귀가 먹먹해지는 수준의 소음이 24시간 지속되다 보니 청력 손실의 위험도 존재한다. 그래서 기관사들은 일할 때 귀마개를 꼭 착용한다.

그런데 남들은 모두 괴로워하는 소음이 플러스 요인으로 작용했다. 소현은 원래부터 남의 말을 한 템포 늦게 알아들어서 '사오정'이라는 놀림을 받곤 했다. 그래서 시끄러운 기관실에서 상사의 지시를 못 알아들을까 봐 지레 걱정했다. 하지만 배를 타고 보니 그건 기우였다. 기관실이 상상을 초월하게 시끄러워 어차피 다들 말을 못 알아들었다. 아예 귀가 안 들리는 사람처럼 서로의 입 모양을 읽거나 수신호로 대화했다. 덕분에 말귀를 못 알아듣는다는 질책은 들은 적이 없었다. 휴우, 하고 가슴을 쓸어내렸다. 걱정을 한방에 해결해준 소음이 그렇게 듣기 싫지는 않았다.

기관실을 나와도 소음은 따라다닌다. 배 전체에는 항

상 잔 소음 같은 것이 있다. 아무래도 기계들이 돌아가다 보니 이 또한 피할 수 없는 부분이다. 실제로 소음 때문에 없던 불면증이 생겨 고생하는 선원도 꽤 있다. 다행히 원래 소음에 민감한 편이 아니어서 기관실 소음 말고는 잘 느끼지 못했다. 이럴 땐 정말 자신이 타고난 뱃사람인가 하는 생각이 든다. 멀쩡한 사람에게 불면증을 유발하는 소음이 들리지 않는 천의 귀를 가졌으니 말이다.

소음을 느낀 건 배 위에서가 아니라 오히려 배에서 내린 다음이었다. 10개월간의 항해를 마치고 드디어 육지에 내렸는데 뭔가 이상했다. 늘 드나들던 인천항이 유독 낯설었다. 한참 후에야 어색함의 정체를 발견했다. 주변이 너무 조용했던 것이다. 육지에서 생활하는 사람들은 일상 소음이 상당하다고 느끼지만 배에서 생활하는 소현에게는 육지가 물속처럼 고요했다. 그제야 배 위의 소음이 상당했다는 걸 알았다.

그러니 오랜만에 돌아온 집에서 잠들지 못하는 건 어찌 보면 당연했다. 항상 들리던 소음이 없으니 허전함이 밀려왔다. 선원들과는 반대로 육지 불면증 비슷한 게 찾아온 듯했다. 배 안의 방에서 들리는 팬 소리, 배가 흔들리며 나는 소리들이 ASMR처럼 귓가에 울려야 잠이 잘 오는데, 라는 데 생각이 미치자 웃음이 났다. 시끄러운 배의 잠자리가 더 편해진 걸 보니 정말 뱃사람 다 됐구나 하는 생각이 들었다. 유튜브에 '잠 잘 오는 ASMR'을 검색해 이것 저것 들어봤지만 도움이 되지는 않았다(선박 소음 ASMR은 없나?). 다음 항차엔 늘 듣던 배 안의 소음을 녹음해 잠이 안 오는 날에 틀어놓고 자야겠다.

선박 기관실의 소음은 매우 심하다.

'매우'라는 표현이 막연한데 어느 정도냐 하면

바로 옆에 있는 사람 말소리도 들리지 않을 정도다.

기계들이 많은 곳이니 기계 돌아가는 소음은 당연하지만

직접 들어보지 않은 사람은 상상도 못 할 정도로 시끄럽다.

바다 위에선

타이타닉 보지 맙시다

마침 주말이라 다 같이 모여 영화를 관람했다. 오랜만에 로맨스 영화 좀 보자면서 누군가 《타이타닉》을 틀었다. 바다 위에서 관람하는 《타이타닉》은 더욱 낭만적이었다. 잇몸만개를 유발하는 달달한 장면들이 지나가고 얼마 후 타이타닉호는 빙산에 부딪히며 좌초 위기를 맞았다. 화기애애했던 방 안의 공기도 덩달아 심각해졌다. 이미 봤던 영화지만 처음 보는 것처럼 손에 땀을 쥐었다.

애애애애애애애애애애앵————

그때 갑자기 고막을 찢는 소리가 들렸다. 화재 경보였다. 소리가 들려오는 쪽은 기관실이었다. 사람들은 당황했다. 기관실에 문제가 생기면 선박은 물론 승선한 모두의 안전이 위태로워진다.

기관사들은 누가 먼저랄 것도 없이 기관실 쪽으로 몰려갔다. 입구에서부터 타는 냄새가 진동했다. 정신없이 내려가 ESCR의 문을 열었다. 뿌연 연기가 가득했다. 한 치 앞도 볼 수 없었다. 다른 곳도 마찬가지지만 특히 ESCR은 전기를 비롯한 선박을 컨트롤하는 시설이 집합돼 있는 곳이기 때문에 불이 나면 정말 큰일이었다.

6개월간의 항해를 마치고 집으로 돌아갈 날을 딱 3일 남기고 있을 때였다. 말년 병장처럼 달력에 날짜를 하나씩 지워가면서 손꼽아 기다렸는데, 여기서 꼼짝없이 죽는 건가 하는 성급한 생각이 머릿속을 꽉 채웠다. 뉴스와 영화에서 봐왔던 온갖 해상사고 영상들이 한꺼번에 떠올랐다. 눈길은 자기도 모르게 구명조끼 보관함을 향했다.

내가 여기서 죽으면 엄마 아빠가 너무 슬퍼하실 텐데.

일단 살고 봐야 하지 않을까. 얼른 구명조끼부터 걸친 다음 갑판으로 올라가서….

곧 죽을 수도 있겠다는 생각에 감히 ESCR 안으로 들어갈 엄두가 나지 않았다.

그때 사관들이 거침없이 뛰어 들어갔다. 조금의 고민도 없는 움직임이었다. 그들의 모습이 연기 속으로 사라지고 한참을 나타나지 않았다. 몸이 바들바들 떨렸다. 몇 분이 흘렀는지는 알 수 없었다. 기관실은 아수라장이었다. 연기 때문에 사람들은 보이지 않았고, 사이렌은 쉴 새 없이 울려댔으며, 점점 짙어지는 타는 냄새 때문에 어떤 기계든 곧 폭발할 것만 같았다.

문득 이 사실을 보고하지 않았다는 데 생각이 미쳤다. 얼른 정신을 차리고 기관장님에게 연락했다. 상황이 상황이니만큼 덜덜 떨리는 목소리로 보고했는데 기관장님은 의외로 침착했다.

알겠다. 내려가 볼게.

이 두 마디가 전부였다. 그 차분한 목소리는 듣는 사람까지 진정시켜주는 효과가 있었다. 당황해 어쩔 줄을 몰랐다가 기관장님과 통화한 뒤부터 안정을 되찾기 시작했다.

기관장님은 그로부터 딱 3분 뒤 전혀 동요 없는 얼굴로 기관실에 모습을 드러냈다. 긴급한 상황임을 짐작할 수 있는 건 신발뿐이었다. 양쪽이 짝짝이었다. 그 상태로 기관장님도 연기 속으로 사라졌다. 잠시 뒤 연기가 서서히 옅어지는 게 느껴졌다. 기관장님의 등장으로 마음이 안정된 덕분인지 타는 냄새도 줄어든 기분이었다.

결국 발화원을 찾아내 진화에 성공했다. 숨조차 제대로 쉴 수 없는 긴박한 상황에서 동요 없이 문제를 해결하는 선배들의 모습을 보면서 저절로 존경심이 생겼다. 큰 사고로 이어질 수 있었던 위태로운 순간이었지만, 위급 상황에서 상급자의 침착한 태도가 얼마나 중요한지 직접 눈으로 보고 배울 수 있었던 소중한 경험이었다.

올라오자 《타이타닉》은 클라이맥스를 지나 끝부분을 향해가고 있었다. 얼음장 같은 차가운 바다 위에 둥둥 떠다니는 조난자들의 모습이 화면 가득 보였다. 누군가 조용히 리모컨을 들어 영화를 껐다. 더 보겠다는 원성은 들리지 않았다. 지금 이 순간만큼은 《타이타닉》이 사랑 영화가 아닌 '조난 영화'였던 것이다. 앞으로 《타이타닉》은 육지에서만 봐야겠다고 다짐했다.

30명 중 29명이

남자인 세상

소현이 타는 배는 국내 모 해운선사의 LNG 선박이다. 매 항해마다 승선 인원이 조금씩 다르지만 주로 서른 명 안팎으로 구성된다. 입항마다 선원들이 교대되지만 취직 이후로 대부분을 홍일점으로 지냈다. 애초에 여자를 잘 뽑지 않는 자리에 어렵게 합격했기 때문에 현장에서 동료 여자 기관사나 항해사를 만나는 건 하늘의 별따기다.

홍일점이라고 하면 남자들에게 둘러싸여 사랑받는 모습을 연상하기 쉽지만 실상은 다르다. 오히려 조심할 점이 훨씬 많다. 일단 자기가 큰 사고를 치면 다음 해 여성 사관

채용이 제한될 수도 있다. 금녀의 구역이나 다름없는 곳에 어렵게 뽑았는데 일을 잘 못하거나 방해가 되면 안 되기 때문에 더 신경쓴다.

한번은 상급 기관사에게 야단을 맞은 적이 있었다. 아무리 해도 상사가 화내는 이유를 이해할 수 없었다. 상사의 말은 점점 거칠어졌다. 거의 쌍욕 수준까지 수위가 올라가자 부당하다는 억울함과 함께 눈물이 나오려고 했다. 하지만 여자 티를 내면 안 된다는 생각이 들었다. 여기서 잘못 눈물 바람을 했다가는 '여자라서 눈물로 다 해결하려고 한다' '이래서 여자 태우면 안 된다'라는 소리가 나올 판이었다.

그건 정말 원치 않는 상황이라 필사적으로 눈물을 참았다. 원래 눈물이 많은 스타일이라 최선을 다해 다른 생각을 했다. 딴생각하는 게 너무 티가 났는지 싸가지 없다면서 추가로 더 혼났다. 그래도 그 자리에선 눈물 한 방울 보이지 않는 데 성공했다. 물론 화장실로 돌아가 펑펑 울어서 눈이 퉁퉁 붓는 바람에 결국 들통 났지만.

일상에서도 불편은 곳곳에 산재했다. 빨래를 할 때도

그랬다. 남자들과 공용 세탁기를 함께 사용하기 때문에 세탁망은 무조건 불투명한 것을 사용했고, 빨래가 다 돌아가는 시간을 체크하고 있다가 끝나자마자 세탁물을 꺼내왔다. 가끔 세탁기 안에 다 된 빨래가 남아 있는 경우가 있었다. 빨래를 돌리려면 그걸 빼야 하는데 남자 속옷인 경우엔 쳐다보거나 손으로 집기가 민망했다. 그럴 때마다 '이건 우리 아빠 속옷이야, 이건 남동생 속옷이야……' 이렇게 속으로 되뇌면서 엄지와 검지만 사용해 최대한 손이 덜 닿게 얼른 집어 옆으로 옮겨 놓곤 했다.

야간 당직을 설 때도 예외 없이 불편함은 존재한다. 데이 워크(기관실 작업 시간) 외에도 기관실에 문제가 생기면 감지 후 각 방에 설치된 알람이 자동으로 울리게 돼 있다. 경보기와 함께 비치된 컴퓨터상에 문제의 원인도 함께 뜬다. 밤에 알람이 울리면 당직자는 바로 달려가서 해결해야 한다. 그러다 보니 야간 당직 날이면 무조건 옷을 다 갖춰 입고 잔다. 여간 불편한 게 아니지만 밤에 알람이 울리면 즉시 달려가야 하는 상황에서 비몽사몽간에 옷을 챙겨 입을 수는 없었다.

같은 이유로 남자 동료들도 여성 기관사가 승선하면 불편해한다. 남자들끼리만 있으면 팬티만 입고 자다가도 바로 나갈 수 있는데 그게 불가능하기 때문이다. 일상에서 불편을 주고 있다는 느낌을 받을 때마다 내가 더 잘해야지라는 의지를 다진다. 이런 불편함을 감수하고라도 함께 일할 만한 능력을 보여주면 되는 것 아닌가.

다행히 배를 탄 지 2년이 넘도록 큰 무리 없이 잘해내고 있다. 이런 자신이 대견하고 뿌듯했다. 선박 기관사는 여타 기관사와 다르게 배에 갇혀 생활해야 하는 관계로 남자도 중간에 그만두는 경우가 많다. 게다가 근무 환경이 만만하지 않고, 체력이 중요한 일인데 여자로서 신체 조건이 뒤처지는 것도 부인할 수 없는 사실이다. 힘들지 않다고 말하면 거짓말이지만 그래도 잘 적응하며 버티고 있다. 너무 힘겨운 날이면 일과를 마치곤 방으로 돌아와 거울을 보며 스스로를 다독인다.

소현아, 오늘도 수고했어!

돈을 모을 수밖에

없는 직업

국내 연봉 TOP 10은 어떤 직업일까.

주기적으로 시행하는 이 조사에 늘 눈에 띄는 직업이 있다. 바로 도선사다. 도선사는 경력이 어느 정도 쌓인 선장 중 시험을 통과한 사람이 가질 수 있는 직업으로 간단히 말하면 입항할 때 배를 운전해주는 일을 한다. 고소득 전문직으로 매번 거론되다 보니 생소한 직업인데도 많은 사람에게 익숙하다.

도선사만큼 유명하진 않지만 선박 기관사도 같은 직종

으로 고소득 전문직이다. 수입은 선종과 회사에 따라 조금씩 다르지만, LNG선이 월급이 높은 편이고 근무 환경이 좋아 경쟁률이 높다. 요즘은 추세가 바뀐 것 같지만 소현이 취업할 때까지만 해도 LNG선은 '학점 높은 애들이 타는 배'라는 인식이 있었다. 정확한 금액은 밝히기 어렵지만 어디 가서 얼마 받는다고 자신 있게 말할 정도는 된다.

시작하는 연봉이 높은 편인데 진급도 일반 회사보다 빠르다. 진급 간 텀은 약 2년 정도로 짧고, 월급차도 크다. 사원에서 대리, 대리에서 과장으로 2년 만에 올라가면서 수입이 확 늘어난다고 보면 된다. 육상직과 가장 큰 차이점은 정규직과 비정규직의 급여 차이가 거의 없다는 것이다. 정규직은 휴가 중에도 월급이 나오지만 비정규직은 월급이 안 나오는 대신 휴가 중에 실업 급여가 나온다. 또 신기하게 비정규직 월급이 정규직보다 높기 때문에 이것저것 따지면 총 급여는 비슷하다. 복지 면에서도 비슷한 대우를 받는다.

하지만 절대적인 금액이 그런 거지 면면을 들여다보면 고달프다. 사실 배를 타면 집에 못 가고 회사에서 먹고 자기 때문에 24시간 대기조나 다름없다. 근무 시간이 아니라도 비상상황이 생기면 언제든 뛰어나가야 한다. 주말이나 밤, 새벽도 예외는 없다. 24시간 근무로 치면 사실 최저임금도 못 받는다고 선원들끼리 자조 섞인 농담을 하기도 한다. 주말도 없이 일할 때는 하는 일에 비해 월급이 적다는 생각이 절로 든다.

그래도 이 직업이 고소득으로 느껴지는 가장 큰 이유는 나가는 돈이 없기 때문이다. 일단 생활비 대부분을 차지하는 의식주가 배 위에서는 공짜로 해결된다. 사관들에겐 화장실 딸린 넓은 방이 하나씩 제공되고, 하루 세 끼 식사가 나오고, 옷은 회사에서 제공하는 유니폼과 작업복을 입는다. 태평양 한가운데에 있으니 주말에 쇼핑이나 외식을 하러 나갈 수도 없다. 옷이나 화장품도 배 안에선 무용지물이다. 옷은 작업복과 트레이닝복밖에 입을 일이 없고, 더운 기관실에서 땀을 비 오듯 흘리며 일하기 때문에 화장은 하고 싶어도 못 한다. 게다가 인터넷이 불안정해 휴대폰 붙잡고 있다가 충동구매 유혹에 빠질 위험이 적고, 망망대해에서 택배를 받을 수 없기 때문에 인터넷 쇼핑도 안 하게 된다. 회사와 집이 같은 장소에 있어서 교통비도 들지 않고, 카페가 없어서 커피값도 쓸 일이 없다. 한 마디로 돈을 쓰고 싶어도 쓸 수가 없는 구조다.

원래 직장인이란 직급이 올라갈수록 후배들에게 밥을 사줘야 하는 경우도 많고 각종 경조사비도 만만치 않은데, 해기사는 회식도 배에서 나오는 음식으로 하고 경조사는 참석하고 싶어도 못하는 걸 주변에서 다 알기 때문에 마음 편하게 빠질 수 있다. 이런 식이니 입금만 있고 지출은 없는 셈이다. 돈이 강제로 통장에 차곡차곡 쌓인다.

육지에서는 카드를 자르고 돈 안 쓰기 모임에 가입하고 가계부를 써서 전문가에게 검사받고 온갖 난리를 피워도 쉽지 않은 게 지출 관리다. 하지만 소현은 아예 지갑이 없다. 지출이 없으니 가계부 쓸 일도 없다.

어떤 일을 하려면 인간의 의지를 믿지 말고 '할 수밖에 없는 환경'을 만들라는 말이 있다. 육지에서는 돈을 쓸 수 없는 상황을 억지로 만들기 위해 애쓰지만 배는 아예 돈을 쓸 수 없는 환경으로 세팅돼 있기 때문에 거기에 들일 정성은 번 셈이다. 한창 돈 쓰고 싶은 나이에 오히려 저축하는 습관을 들인 것도 배를 타서 얻은 큰 수확이다. 여기에 덤으로 묵직한 통장까지.

선박 기관사의 일주일은

월화수목금금금?

—————— 선원의 일과는 배마다 다르지만 LNG선 3등
기관사의 일과는 대략 이렇다.

출근 시간이 7시 30분이기 때문에 늦어도 오전 7시면
기상한다. 회사와 집이 붙어 있어서 좋은 점은 딱 이거 하나
다. 아침에 5분이라도 더 잘 수 있다는 것. 옷을 고르거나 화
장할 필요가 없으니 간단히 세안만 하고 작업복을 갖춰 입
으면 출근 준비 끝이다.

7시 30분. 엘리베이터를 타고 11층 CACC(Centralizes

Administration Control Center: 화물 관련 기기 및 기관실 기기 모니터링과 컨트롤을 위한 설비실)에 도착하면 출근 완료다. 그날 해야 할 일과 관련된 서류를 정리하고 에어컨을 순찰한다. 아침, 점심, 저녁마다 기온이 달라지기 때문에 수시로 온도를 점검해주는 것도 3기사가 할 일이다. 일단 오전에 에어컨 컨디션부터 점검한다.

곧이어 아침 체조 시간이다. 이것도 배마다 다른데 지금 탄 배는 국민 체조를 한다. 초등학교 운동회 때나 해봤던 국민 체조를 다시 하니 새삼 이 체조가 왜 '국민 체조'인지 매일 실감하면서 살고 있다. 아침 체조는 한정된 공간에서 자칫 소홀히 하기 쉬운 건강을 챙기기 위해 필수적으로 한다. 과거엔 대기업에서도 오전 업무 시작 전에 다 같이 체조를 했다고 들었는데 아마 그와 비슷하다고 생각하면 될 것 같다.

10분 체조를 마치면 아침 미팅을 한다. 아침 미팅은 '툴 박스 미팅'(Tool Box Meeting)이라고 하는데 전반적으로 그날 작업에 대해 이야기한다. 중요한 작업은 어떻게 할지 의논하기도 하고, 기관장이 전달사항을 전하는 시간이기도 하다. 미팅은 안전구호를 외치며 마무리된다. 예를 들어 한 명이 "선상에서 뛰지 말자!"를 외치면 "뛰지 말자! 뛰지 말자! 뛰지 말자!"를 세 번 복창한다. 위험한 환경에서 근무할 수록 구시대 유물 같은 구호를 꼭 외치는 이유는 자기 최면을 위해서다. 실제로 이렇게 "뛰지 말자!"를 외친 날은 절대 선상에서 뛰면 안 될 것 같은 의무감이 생긴다.

오전 8시. 기관실로 내려가 하루 일과를 시작한다. 기관실의 작업 시간은 '데이 워크'라고 한다. 데이 워크는 1시간 30분 이상 지속하지 못한다. 앞에서도 설명했다시피 기관실은 매우 덥기 때문에 중간중간 쉬는 시간을 갖지 않으면 위험할 수 있기 때문이다. 그래서 작업을 시작한 지 1시간 30분 남짓 지난 9시 30분에서 10시 사이에 첫 번째 휴식 시간(Tea Time)을 갖는다. 휴식 시간이 정해져 있지만 일하다 보면 칼같이 지켜지진 않는다. 그래도 반드시 에어컨이 나오는 장소에서 잠시라도 쉬어준다.

오전 10시부터 점심시간 전까지 다시 데이 워크를 한다. 11시 30분쯤 되면 3기사는 데이 워크를 마치고 정오에 회사에 송부해야 하는 서류를 작성한다. 현재 기기 상태 및 연료 소모량 등을 보고하는 서류다.

12시부터 13시까지는 즐거운 점심시간이다. 사주부 선원이 전부 한국인이라서 밥이 아주 맛있는 편이다. 부정기선은 필리핀 등 동남아 선원이 요리를 맡는 경우가 많아서 한식이 제대로 나오지 않아 식사가 부실하다고 들었는데 사주부장님 덕분에 매일 감사한 마음으로 맛있게 식사한다. 집보다 잘 먹는다는 사람들도 있을 정도로 잘 나온다.

13시부터 오후 데이 워크가 시작된다. 오전과 같은 루틴으로 1시간 30분 정도 일하고 30분 휴식하면서 일한다. 오후의 두 번째 데이 워크는 16시 정도에 마무리하고 16시부터 17시까지는 담당 기기의 전반적인 컨디션을 체크하고 기관실을 순찰한다. 기기별 체크리스트가 있어서 이때 작성한다.

17시. 드디어 퇴근이다! 종일 더운 기관실에서 땀을 흘리느라 파김치가 된 몸을 이끌고 엘리베이터를 타고 방으로 퇴근한다. 제일 먼저 하는 건 샤워다.

17시 30분부터는 저녁 식사 시간이다. 이 시간 이후는 공식적으로 자유 시간이지만 역시 칼같이 지켜지진 않는다. 데이 워크 때 미처 끝내지 못한 서류 작업을 마무리해야 하고, 육지에서 온 메일에 회신하다 보면 사실 퇴근 시간이 정해져 있다고 보기는 어렵다. 저녁 시간 이후로는 서류 작업이나 오버타임으로 일과 시간에 미처 끝내지 못한 작업을 마무리한다. 물론 퇴근 후 시간이 남는 날도 있는데 그런 꿀같은 시간은 주로 잠을 보충하는 데 쓴다.

여기서 하루가 끝나면 그나마 좋겠지만 야간 당직이 기다리고 있다. 당직은 2기사, 3기사A, 3기사B 셋이 돌아가면서 하루씩 선다. 당직은 21시부터 22시까지 기관실을 순찰하며 이상 유무를 확인한다. 1시간 동안 기관실 순찰을 돌고 나면 방으로 돌아온다. 기관실에 문제가 생기면 당직자 방에 설치된 알람 시스템으로 알람이 울리도록 설정돼 있어 밤을 새우면서 감시하지 않아도 된다. 갑판부는 견시를 서야 하기 때문에 기관부처럼 무인화가 불가능하다. 당직이라도 밤을 새워야 한다는 부담이 적어 매번 감사한다. 물론 알람이 울리면 자다가도 벌떡 일어나 달려가야 하는 건 당직자의 의무다. 그래서 당직인 날이면 옷도 출근복장으로 갖쳐 입고 잠자리에 든다. 평일은 이렇게 돌아가고 주말은 또 다르다. 그리고 평일, 주말 상관없이 입출항 때의 일과는 또 다르다.

선박 기관사는 주말이 없다고 보면 된다. 잠깐이라도 출근하기 때문이다. 토요일은 7시 30분에 출근해서 12시까지 오전 데이 워크를 하는 일정까지는 똑같고 그 이후는 퇴근이다. 토요일엔 간단한 비상 기기 작동 테스트와 평일 16시에 하던 기기 컨디션 체크를 미리 당겨 하기 때문에 큰 작업은 없다. 그만큼 마음의 부담은 적지만 그래도 출근은 출근이다.

역시 오전 근무로만 마무리되면 좋겠지만 교대로 하는 당직 순번이 걸리면 기관실 순찰을 돌아야 한다. 주말 당직은 16시, 21시 두 번이다. 따라서 당직 날은 토요일이라도 22시가 돼야 비로소 퇴근인 셈이다.

일요일과 공휴일이 되어서야 드디어 늦잠을 잘 수 있다. 매일 7시 30분 출근인데 일요일은 출근을 하긴 해도 10시까지만 가면 되기 때문에 최대한 늦게 일어난다. 소현은 기관부 사관 중 막내인 3기사라서 상사들보다 조금 먼저 9시 30분쯤 출근한다. 그래도 감지덕지다. 일요일은 다 같이 모여 10시부터 11시 30분까지 기관실 순찰을 돈다. 그다음 30분간 회사 보고서를 작성하면 업무 끝이다. 물론 이날도 당직이 걸리면 꼼짝없이 오후 두 번 순찰이 남아 있긴 하지만 매일 빡빡한 업무 스케줄에 시달리기 때문에 일요일에는 출근은 하지만 일은 안 하는 것 같은 기분이 든다.

입출항을 하는 경우는 다르다. 입출항은 매우 중요하고 또 위험할 수 있기 때문에 위 일과는 잠시 스톱되고 전원 스탠바이 상태에 들어간다. 입출항 12시간 전부터 3교대로 당직을 선다. 주말에 입출항할 경우에는 무조건 3교대로 근무를 서기 때문에 입출항이 마무리된 다음날은 일요일과 같은 루틴으로 휴식을 취한다.

이처럼 선박 기관사는 딱히 마음 편히 쉴 수 있는 날이 하루도 없이 일주일을 보낸다. 회사와 집이 함께 있는 구조라서 퇴근 후에도 언제든 다시 불려 나갈 수 있다는 단점도 크다. 동료들은 우스갯소리로 '식사 시간도 과업이다'라는 말을 한다. 밥 먹는 것도 일의 일부다. 선박은 육상과 달라서 사람이 안 보이면 심각한 상황이 있을 수 있기 때문이다. 식사 시간에 누군가 밥을 먹으러 오지 않으면 "바다에 빠진 거 아냐? 찾아봐!"라는 상황이 발생한다. 그래서 밥을 먹기 싫어도, 식사를 건너뛰고 쉬고 싶어도 사고당한 걸로 오해를 받아 민폐가 될까 봐 꾸역꾸역 식당에 나타나야 한다. 물론 식사 시간은 대개 즐겁지만 뭐든 '강제성'이 부여되면 부담이 되는 법이다.

항해사는 24시간 견시를 서는 직업이기 때문에 주말 포함 쉬는 날이 아예 없다. 매일 3교대로 당직을 서야 한다. 항해사를 택하지 않은 데는 이 점이 크게 작용했다. 주말도 없이 일한다는 것이 너무 부담스럽게 느껴졌다. 그래서 지금 생활에 만족한다. 남들 눈에는 하루도 못 쉬고 일하는 것 같지만 그래도 항상 감사한다.

퇴근을 해도 24시간 대기조의 생활이고, 심각한 기기 결함이 생기면 밤새워 일하기도 하고, 기계를 정비한다는 것이 정한 시간 내에 딱 끝나는 일이 아니다 보니 퇴근 시간을 수시로 넘긴다. 그래서 휴식 시간을 최대한 활용한다. 휴식이 귀한 기관사들은 쉴 때 야식을 먹거나 함께 탁구를 치고 영화를 보기도 하지만 소현은 대부분 잠을 자는 데 쓴다. 일 때문에 잔뜩 긴장했던 마음이 풀리면서 주말에는 아기처럼 잠이 쏟아진다. 방에 돌아가 베개에 머리만 대면 바로 곯아떨어진다.

고소공포증에는

금융 치료가 답이지

아까부터 망설였다. 아니, 어젯밤부터 잠을 못 잤다. 오늘 있을 라이트 수리 작업 때문이었다. 갑판 위 높은 곳의 라이트 관리는 3기사가 담당하는 작업 중 하나다. 입항 전 라이트 수리는 매 항차 필수적인 루틴 작업이다.

문제는 소현에게 고소공포증이 있다는 것이었다. 놀이공원에 가도 혼자 짐을 지키며 기다리는 쪽이었다. 친구들은 다들 신나게 즐기는 롤러코스터나 바이킹을 잘못 탔다가 '죽음의 공포'를 느낀 이후에는 그쪽은 아예 쳐다보지도 않는다. 케이블카는 더 심각했다. 얇은 줄 하나에 매달려 공중을 떠가는 이동수단은 보는 것만으로도 현기증이 났다. 속도가 매우 느리고 올라가면 뷰가 좋다는 친구의 말에 속아 잘못 탔다가 중간에 내리지도 못하고 공황장애가 온 것처럼 안에서 숨도 제대로 못 쉬었다. 그런 성향을 안 이후 경치는 포기했다. 보통 좋은 뷰라는 것은 높은 곳에서만 감상할 수 있는 것인데 몸이 따라주질 않으니 어쩔 수 없었다.

그래서 라이트 작업은 선박 기관사가 된 이후 다른 어떤 일보다 큰 도전이었다. 갑판(Deck)상의 라이트들은 굉장히 높은 곳에 위치해 있고 사이즈 자체도 매우 크다. 가장 높은 곳의 라이트는 아파트 3층 정도 높이다. 처음에 라이트 수리 작업이 주어졌을 땐 '저기에 사람이 올라간다고?'라고 생각할 정도로 까마득했다. 동생에게 라이트 작업 사진을 보내주자 동생이 깜짝 놀라며 물었다.

"언니, 스파이더맨이야?"

맞다. 정말 스파이더맨을 방불케 하는 안전장비를 입고 맨몸으로 올라가서 하는 작업이다. 고소공포증이 심한 소현에게는 가장 피하고 싶은 업무가 아닐 수 없었다. 하지만 무섭다고 안 할 수는 없는 노릇. 조심스럽게 계단 위에 한 발을 올려놓았다. 철제 계단 특유의 텅, 하는 소리가 심장까지 울렸다. '나는 할 수 있다'를 주문처럼 외우며 천천히 한 발씩 내디뎠다. 두세 계단 올라가자 팔다리가 의지와 상관없이 마구 후들거리기 시작했다. 차가운 난간은 금방이라도 옆으로 쓰러질 것처럼 위태했다. 큰 맘 먹고 바다 쪽으로 눈을 돌려봤다. 검푸른 바다가 소현을 집어삼킬 듯 요동치는 것처럼 느껴졌다(실제로는 바람 한 점 없는 아주 잔잔한 바다였다).

아무래도 안 되겠어.

다시 내려가려고 했지만 돌아서는 것도 쉽지 않았다. 목숨 걸고 올라온 그 몇 계단이 너무 아까웠다. 게다가 엄연히 내게 맡겨진 업무가 아니던가. 3기사로 승선해놓고 무서워서 라이트 작업을 못하겠다고 말하는 건 자존심이 허락하지 않았다. 물론 고소공포증 때문에 못하겠다고 말하면 누군가가 대신하겠지만 월급 받고 하는 '내 일'을 미루고 싶지 않았다. 무엇보다 같이 일하는 동료에게 그런 피해를 끼치고 싶지 않았다.

눈 딱 감고 올라가자.

정말로 두 눈을 질끈 감았다. 그 상태로 절대 눈을 뜨지 않은 채 한 발 한 발 올라갔다. 아까와 비교도 되지 않게 빠른 속도였다. 해내지 않으면 안 된다는 절박함이 등을 떠밀었다.

텅텅텅텅텅텅텅 후다닥.

드디어 마지막 계단에 발을 디딘 후에 한쪽씩 차이를 두고 눈을 떴다. 그 순간, 헉 하고 숨을 들이마셨다. 환상적인 바다가 눈앞에 펼쳐져 있었다. 선배들이 강조하던 '꼭대기에서 보는 바다'가 바로 이런 것이었구나. 환상적이었다. 하지만 그것도 아주 잠깐. 계속 눈을 뜨고 있을 수가 없었다. 몸이 사시나무 떨리듯 떨렸다. 그 상태에서 어떻게 작업을 마쳤는지 기억도 나지 않았다. 올라올 때처럼 두 눈 꼭 감고 내려오니 등이 식은땀으로 축축하게 젖어 있었다.

그 이후로도 한동안 라이트 작업이 있을 때마다 맨 첫 계단에서 주저하고 망설였다. 고개를 젖히고 까마득하게 높은 작업대를 올려다보면 파블로프의 개처럼 자동반사적으로 다리가 후들거렸다. 그럴 때마다 책임감과 오기가 힘을 실어주었다. 두 눈을 꼭 감고 후다닥 올라가서 후다닥 고치고 두 눈을 꼭 감고 다시 내려오는 일을 반복했다.

역시 돈의 힘은 위대했다. 이것도 여러 번 하자 고질병이었던 고소공포증이 서서히 자취를 감췄다. 답답한 실내 기관실에서 일하다 보면 그 꼭대기가 기다려지기도 한다. 6개월쯤 지나자 라이트를 수리하다가 바다를 감상하는 여유까지 생겼다. 꼭 그곳에서만 볼 수 있는 바다는 정말 말도 안 되게 예쁘다.

6개월쯤 지나자 라이트를 수리하다가

바다를 감상하는 여유까지 생겼다.

꼭 그곳에서만 볼 수 있는 바다는 정말 말도 안 되게 예쁘다.

싱그러운 바닷바람은

개뿔!

바다 위에서 일한다고 하면 사람들은 매일 바다를 볼 수 있다는 점을 가장 부러워한다. 보통 바다는 일년에 한두 번 휴가 때나 아니면 일부러 큰 맘 먹고 시간을 내야 갈 수 있는 곳이기 때문에 아예 바다 위에서 일하고 먹고 자는 해기사가 부러워 보일 수도 있다. 하지만 그런 말을 들을 때마다 속으로 한숨을 쉰다. 바다에서 일하지만 바다를 본 적이 거의 없기 때문이다.

엄밀히 따지면 항해사에게만 해당되는 장점이기도 하다. 항해사는 선박 제일 꼭대기에 위치한 선교(bridge)에서 당직을 선다. 근무 시간 내내 바다를 바라보는 게 주 업무다. 주위에 뭐가 지나가는지 계속 견시해야 하기 때문이다.

하는 일은 다르지만 똑같이 배 위에서 근무하기 때문에 당연히 기관사도 바다를 자주 볼 거라고 막연히 생각했었다. 그런데 3기사로 회사에 입사하고 배를 타니 오히려 육지에서보다 바다를 보는 횟수가 현저히 줄었다. 해양대 재학 중엔 학교 자체가 작은 섬 안에 있어서 수시로 바다를 봤는데 오히려 정식 기관사로 취업하자 반대가 됐다. 기관실에서 대부분의 시간을 보내기 때문에 갑판에 올라가서 하는 라이트 작업이 아니면 바다를 볼 일이 거의 없다.

선박 기관실은 육지로 치면 지하실에 있다. 소현이 탄 LNG선은 4층이 갑판이고 1, 2, 3층이 기관실이다. 아침에 일어나 엘리베이터를 타고 기관실로 내려가 업무를 본다. 식사 시간이 되면 역시 엘리베이터로 5층으로 이동한다. 식사를 마치면 다시 엘리베이터를 타고 기관실로 내려가 오후 업무를 마치고 엘리베이터를 타고 8층 방으로 이동해 잔업을 하거나 휴식을 취한다. 여기저기 창문이 있지만 업무 시간 중에는 워낙 일이 많아 창밖으로 고개를 돌릴 여유가 없다. 일부러 갑판 위로 올라가지 않으면 바다를 볼 일이 없는 환경이다.

미세먼지가 없는 환경이 부럽다는 이야기도 종종 들었다. 하지만 어려서부터 있던 비염이 배를 타면서 오히려 심해졌다. 먼지 한 점 없는 태평양 한가운데서 일하는데 왜 그럴까 의문이 들 수도 있다. 그런 분들에게 기관실 투어를 시켜주고 싶다. 기관실은 엄청 더럽다. 어느 정도냐 하면 깔끔한 얼굴로 출근해 오전 업무를 마칠 때쯤이면 얼굴이 까맣게 변해 있다. 거대한 기기들이 24시간 돌아가기 때문에 공기 중에 먼지와 검댕이 가득하다. 얼굴을 휴지로 닦으면 불에 그을린 것처럼 새카맣게 묻어난다.

기관실에 커다란 팬이 있긴 하다. 하지만 이 팬은 양압 유지 및 산소 공급이 주 목적이고 공기 청정 기능은 없다. 기관실은 기본적으로 사람이 아니라 기기가 살고 있는 공간이라서 사람의 건강을 위한 행위는 일절 하지 않는다. 가끔 쓸고 닦는 것 역시 모두 기기를 위해서다. 팬은 고장 나서 뜯어야 하는 경우에만 내부를 청소한다.

그러다 보니 팬 자체가 먼지투성이다. 그걸 돌리는 게 더 먼지를 유발하는 느낌이다. 먼지 날림이 심한 작업을 할 땐 마스크를 쓰고 일하는데 덥고 땀나는 작업을 하다 보면 숨쉬기 힘들고 답답해서 벗고 싶어진다. 마스크를 벗어보면 어김없이 본래의 색깔을 알아볼 수조차 없이 더럽게 변해 있다. 기관사들은 더러움을 운명으로 받아들인 채 먼지 구덩이 속에서 일한다.

문이라도 열어 환기라도 시키면 좀 낫겠지만 여러 가지 이유로 그조차도 불가능하다. 배는 내부 압력을 대기압보다 살짝 높게 유지해야 한다. 그래야 갑판 상에 존재할지도 모르는 LNG 가스나 독성 가스 등이 내부로 유입되지 않기 때문이다. 또 바닷물이 들어오지 않도록 하는 수밀 등도 중요한 이유다. 출입문은 잠시 드나들 때 빼고는 열어놓지 않는 게 원칙이다. 그래서 더 환기가 되지 않는다.

배는 실내에만 있으면 육지보다 오히려 공기가 더 좋지 않다. 배를 타면서 청소하는 버릇이 생겼다. 배 곳곳에 먼지가 많아서 수시로 청소하지 않으면 입과 코로 다 들어가기 때문에 스스로 관리할 수밖에 없다. 가끔 바다에 있는 건지 육지 건물 지하실에 있는 건지 헷갈릴 때면 갑판이나 선교로 올라간다. 가슴을 활짝 열고 폐 안으로 깨끗한 공기를 한껏 들이마시면서 기관실에서 혹사당한 폐를 정화시킨다. 그렇게라도 강제로라도 신선한 공기를 몸속에 넣어줘야 할 것만 같다.

상사 옆집으로

퇴근합니다

저녁 잔무까지 마친 후 퇴근길에 올랐다. 회사에서 집까지는 무척 가깝다. 최단 거리로 따지면 엘리베이터로 9층. 1층은 기관실, 9층은 집. 보통 회사원은 야근하고 밤샘하며 직장에서 시달릴지언정 퇴근한 이후만큼은 온전히 사생활이 보장된다. 하지만 소현의 방은 상사 옆방이다. 육지로 치면 같은 아파트 같은 동 같은 층에 마주보는 옆집인 셈이다.

배 위에서 근무하는 선원들은 따로 사생활이 없다. 공적인 공간과 사적인 공간이 정확히 분리되어 있지 않기 때문이다. 일단 배를 타면 수개월, 많게는 1년 가까이 육지로 가지 못하고 가족과 친구들을 만나는 것도 불가능하다. 사회적인 단절 측면에서는 군대보다 더하다고 할 수 있다. 군대에서는 적어도 중간에 외출이나 휴가가 허락되어 숨통을 틀 수 있다. 하지만 배 안에 갇힌 채 일로 엮인 사람들로만 둘러싸인 주말은 정말 숨이 막힐 때가 있다. 물론 요즘은 퇴근 후 개인 시간은 서로 터치하지 않는 게 불문율이다. 하지만 그 사이에 눈에 보이는 선이 있는 것도 아니기 때문에 자주 선을 넘는 게 현실이다.

지금 타는 배는 아파트 12층 정도의 높이다. 정확히 비교 측정해보진 않았지만 그보다 낮지는 않을 것이다. 1, 2, 3층은 기관실, 4층은 갑판, 5층은 식당 및 휴게실, 6층부터 9층은 거주구, 10층은 탱크 톱(Tank Top)으로 나갈 수 있는 출구, 11층은 CACC라고 불리는 설비실 그리고 탑층인 12층은 브릿지라고 불리는 선교다. 이곳에서 항해사들이 견시를 하며 당직을 선다. 소현의 방은 8층인데 양옆으로 상사들의 방이 자리하고 있다.

상황이 이렇다 보니 퇴근해도 퇴근한 게 아닌 날이 많

다. 하다못해 야식을 먹기 싫어도 빠질 수 없고, 상사가 좋아하는 여가 활동에 참여하지 않는 것도 눈치 보인다. 빠져도 된다고는 하지만 그런 구조에서 마음 편히 빠질 수 있는 부하 직원은 한 명도 없을 것이다. 남들은 스트레스를 풀기 위해 하는 드라마 시청, 게임, 야식 등도 일의 연장선상이 되는 경우가 허다하다. 만일 운이 좋아 마음이 맞고 취미가 맞는 동료와 상사를 만난다면 나름 재미있는 생활이 되겠지만 그 반대의 경우라면 또는 자신의 공간이 중요한 집순이 집돌이라면 정말 불편한 상황이 아닐 수 없다.

또 본의 아니게 상사에게 개인 공간을 노출할 수밖에 없다. 마치 집에 매일 상사를 초대하는 것과 비슷하다. 바로 옆방이다 보니 매일 오고가면서 혹시나 안이 보일까 청소와 정리도 소홀히 할 수 없다.

예전에 들었던 어떤 커플의 이야기가 생각난다. 매일 아침 눈 뜨자마자 만나서 깜깜해진 다음에야 헤어지던 연인이 있었다. 꼬박 2년을 단 하루도 빠짐없이 종일 붙어 지내던 연인은 한시도 떨어지기 싫어서 결혼했다가 한 달 만에 이혼했다. 이 이야기가 주는 교훈은 명확하다. 아무리 눈에 콩깍지가 썬 사이라도 24시간 같은 공간에서 함께 시간을 보내다 보면 단점이 보이게 된다는 것이다. 결혼을 반대하려면 자꾸 떼어놓으려 하지 말고 오히려 붙여놓으라고 한다. 관계를 오래 이어가고 싶은 사람과는 여행을 같이 가지 말란 조언도 같은 맥락이다. 너무 붙어 있는 관계에는 장점보다 단점이 많다. 물론 그래도 전혀 관계에 금이 가지 않는다면 그저 부러울 따름이고.

바다에 나가 있으면 카톡이나 인터넷이 안 될 때가 더 많고 속도도 엄청나게 느려 육지와의 연락이 원활치 못하다. 그러다 보니 직장에서 받은 스트레스를 털어놓을 상대가 없고, 그런 상태에서 잘못 보이기라도 하는 날에는 배 자체가 창살 없는 감옥으로 변한다. 요즘 육지에 있는 직장들도 상사가 업무 외 시간에 카톡으로 업무 지시를 하는 것 때문에 말이 많던데 배에서는 마음만 먹으면 그 이상의 일들도 아무렇지 않게 할 수 있다. 특히 실습생의 경우에는 더욱 심하다. 소현은 여성 해기사라 조심하는 분위기라서 그런 일들을 당하진 않았지만, 잘 시간에 전화해 자기 방으로 야식을 대령하라는 일도 비일비재하다. 심지어 음식이 입에 맞지 않으면 핀잔을 듣기도 한다.

사람들은 선박이라고 하면 대개 이 끝에서 저 끝이 전혀 보이지 않는 타이타닉처럼 큰 배를 연상한다. 선박마다 다르지만 소현이 타는 배는 가로 길이가 약 300미터, 걸으면 10분 정도 걸리는 다소 아담한 사이즈다. 그 안에서 나가지도 들어오지도 못한 채 30여 명이 1년 동안 함께하는 직장이라고 상상해보라. 당신에게 이곳은 어떤 느낌일까.

해기사 버전

《기생충》

바다 위에서 일하는 직업은 다양하다. 또 회사나 선박마다 직책이나 세세한 직무도 달라진다. 일반적으로 상선의 부서는 크게 항해를 담당하는 갑판부와 선박 기기를 담당하는 기관부, 그리고 선원의 식사를 담당하는 사주부로 나뉜다. 직급은 크게 사관과 부원으로 구성되는데 한국해양대 등에서 전문 상선 사관 교육을 받은 사람이 사관 직책을 맡는다.

선박의 총 책임자는 잘 알려진 대로 선장이다. 그 밑으로 1항사, 퍼스트, 2항사, 3항사 등이 한 명씩 배정된다. 기관부는 기관장 아래 1기사, 2기사, 3기사 알파, 3기사 브라보 등으로 역시 한 명씩 배정된다. 여기 재미있는 점이 있다. 한국어는 별반 차이가 없는데 영어 직책명을 보면 묘한 차이가 느껴진다. 갑판부 수장이자 선박 전체의 수장인 선장은 Master, 그 아래 1항사가 영어로는 Chief Officer다. 똑같이 기관부의 수장인 기관장의 영어명은 Chief Engineer다. 쉽게 설명하면 기관부 수장의 직급이 갑판부로 가면 2인자의 직급과 동등하다.

이것은 오래된 편견에서 비롯된 안타까운 결과물이다. 앞에서 설명했듯이 기관실은 선박 하부에 있고 작업 환경도 무척 더럽고 열악하다. 옛날부터 기관사는 안 좋은 환경에서 일하다 보니 항해사에 비해 약간 낮춰 보는 경향이 있었다. 그래서 호칭 자체가 다르다. 항해사는 말 그대로 항로를 직접 정하고 선박을 조종하기 때문에 밖에서 보는 '마도로스'의 느낌에 더 가까운 이미지다. 기관사는 배의 기기를 수리하고 보수하기 때문에 딱히 선원이 아니어도 할 수 있는 일로 인식되었다. 또 항해사의 근무 환경이 더 쾌적하기 때문에 실제로 해양대 입시에서 관련 과가 등급 컷이 더 높은 것도 사실이다.

해양대의 학과들은 대부분 입학 때 이미 기관사로 갈지 항해사로 갈지 진로가 결정된다. 소현이 졸업한 과는 특이하게 1학년 때 기관사 또는 항해사로 진로를 선택할 수 있었다. 그런데도 기관사를 선택했다. 회사 실습 때 일주일 정도 항해사 일을 간접 체험해본 적이 있었다. 일주일 내내 질릴 정도로 바다만 쳐다봤다. 바다를 보면서 일하면 좋을 줄 알았는데 고역도 이런 고역이 없었다. 종일 바다만 바라보고 있으니 1분이 1시간 같았다. 1년 같았던 일주일을 보낸 후로는 항해사 쪽에 미련을 깨끗하게 접었다.

항해사 대신 기관사를 택했을 때 주변에선 다들 제정신이 아니라고 했다. 항해사 대신 기관사를 택한 건 두 가지 이유 때문이었다. 첫째, 개인마다 다르겠지만 기계를 만지는 게 더 적성에 맞았다. 기기를 다루는 동안은 시간이 순식간에 흘러갔다. 둘째, 워라밸이 중요했다. 사실 24시간 대기조가 워라밸을 따지는 것 자체가 우습지만 그래도 해기사 중에선 기관사가 그나마 워라밸이 지켜졌다. 항해사는 1년 내내 매일 당직을 서야 할뿐더러 하루 8시간 당직이 끝나도 쉬지 못하고 여러 잡무를 한다. 특히 입항 때는 거의 잠을 자지 못한다. 원체 잠이 많아 항해사의 근무 일정을 따라가는 건 애초에 불가능해 보였다. 물론 기관사가 된 지금도 편안한 건 아니지만 그래도 쉴 수 있는 주말이 있다는 게 감사하다.

100% 자유의지로 선택한 직업이지만 왠지 씁쓸한 기분은 지울 수 없다. 일의 고됨이야 비슷하겠지만 기관사 입장에서 보면 항해사는 사면이 창으로 둘러싸여 바다를 내다볼 수 있는 펜트하우스 같은 곳에서 시원한 에어컨 바람을 맞으며 일하고 기관사는 지하실에 틀어박힌 채 열기와 사투하며 일한다. 그러고 보니 어디서 본 듯한 그림이다. 바로 영화 《기생충》. 따스한 햇살이 들어오는 통유리창이 사방을 둘러싼 으리으리한 대저택에서 대리석 식탁에 앉아 우아하게 식사하는 가족과, 빛 한 줄기 들어오지 않는 어두컴컴한 지하실에서 지하실 특유의 냄새를 뒤집어쓴 채 살아가는 가족.

대저택의 주인 박 사장은 운전기사로 들어온 기택을 겉으로는 예우하면서 속으로는 무시한다. 뭐라 설명할 수 없는 은근한 계급 차별이 영화 전반에 깔려 있다. 엘리베이터가 고장 났던 어느 날, 선교에 올라갔다가 계단으로 기관실까지 내려오면서 문득 영화 기생충의 계단이 떠올랐다. 비가 억수같이 쏟아지는 날 박 사장 집에서 몰래 빠져나와 구정물이 가득 찬 반지하방으로 돌아올 때 기택의 가족들이 내려오던 그 긴 계단. 단순한 위아래가 아니라 하늘과 땅만큼이나 먼 두 가족의 빈부 격차가 불편했던 장면이었는데, 왜 하필 거기서 그 장면이 생각났는지 모르겠다.

어느 사회나 존재하는 은근한 상하관계와 알게 모르게 생기는 열등감과 우월감. 꼭 배 안에서만 일어나는 일은 아니다. 물론 갑판부는 1년 365일 쉬는 날 없이 일하고 운항에 전반적인 책임을 지는 만큼 스트레스가 상당하다. 그리고 갑판부와 기관부를 상하로 나누는 것도 옛날 사고방식으로 지금은 직급명에서만 잔재를 찾을 수 있을 정도로 희미해진 개념이다. 사회에서의 모든 차별과 계급도 희미해지는 날이 오기를 바란다.

3

바다 위에서

살아가는 법

입영열차 타고

떠난 그녀

아무리 단절된 공간이라도 남녀가 한데 모여 있는 곳이니 연애 이야기가 빠질 리 없다. 2년 넘게 생이별을 해야 하는 군대에서도 고무신과 꽃신은 존재하고 전쟁통에서도 사랑은 피어난다. '와, 저렇게 초 장거리 연애인데도 연애가 가능할까?' 하는 배에서도 생각보다 많은 커플이 연애를 이어가고 결혼까지 골인한다. 소현도 바다 위에서 연애를 해본 경험이 있는 터라 그 어려움을 온몸으로 알고 있다.

연애하기 어렵다는 군대만 하더라도 예전과는 분위기

가 많이 달라졌다. 일단 입대 기간 자체가 줄었다. 외출과 외박도 많이 자유로워져서 만날 기회도 늘었다. 스마트폰도 제약은 있지만 사용할 수 있는 융통성이 있어서 이별하는 느낌이 예전만큼 절절하진 않을 건 당연지사다.

하지만 선원은 여전히 연애가 어렵다. 30년 전 군대로 떠나는 것과 똑같다. 그 시절 군대를 다녀온 상사들은 사랑하는 사람과 떨어져 있어야 하는 면에선 배가 군대보다 더하면 더했지 못하진 않다고 입을 모은다.

일반인들에게 잘 알려져 있지 않은 사실인데 군대보다 바다 위 연애가 더 어렵다. 군대에선 허용되는 휴가나 외출 불가능, 태평양 한가운데서 끊김 없는 영상통화 불가능. 승선이 길어지면 1년이라는 시간 동안 무슨 수를 써도 직접 보기 힘든 경우도 있다. 남녀 모두 배를 탄 어떤 커플은 1년에 단 하루를 보며 몇 년 동안 연애를 이어가는 기적 아닌 기적을 연출하기도 했다.

이렇게 눈물겨운 사랑을 이어가는 젊은 선원들의 연애 생활을 최대한 돕기 위해 배에는 두 가지 제도가 마련돼 있다. 하나는 '방선'이다. 한국항에 입항하면 가족 또는 연인이 배에 타 한국에 있는 동안에는 같이 있을 수 있는 제도다. 현재는 코로나 시국이라 전면 금지되었지만 지금 타고 있는 배는 한 달에 한 번 한국에 입항해 연인을 만날 수 있어 그나마 연인 간에 숨통을 트여주는 역할을 톡톡히 한다.

다른 하나는 '동승'이다. 아예 배우자나 약혼자가 배를 타고 항해를 같이 하는 제도다. 비록 배우자가 몇 달간 아무것도 못하고 배에만 있어야 하지만 그래도 얼굴을 보고 함께 지낼 수 있어 곧 결혼할 사이거나 이미 결혼을 한 부부가 많이 이용한다. 이 또한 코로나 때문에 안타깝게도 현재는 진행되고 있지 않다.

이 외에 직접 만날 수는 없지만 마음을 전할 수 있는 방법이 있다. 배로 택배를 보내는 것이다. 한국에 입항하면 음식을 선적해주는 업체에서 선원들에게 택배를 대신 올려주기도 한다. 이 방법을 통해 연인이 보낸 선물이나 편지를 받아볼 수 있다. 그럼에도 이런 배려가 근본적인 해결책이 될 순 없기 때문에 선원들의 연애가 여전히 어려운 건 사실이다. 오래 만난 커플도 단절에서 오는 어려움을 극복하지 못하고 헤어지는 경우가 수두룩하고, 휴가 중에 만났던 애인이 승선 2주 만에 연락 두절되는 경우도 보았다.

아무리 세상이 바뀌어도 변하지 않는 것들이 존재하는데 그중 남녀의 연애 방식도 포함되는 것 같다. 남자가 배를 타고 여자가 육지에 남는 모양새는 자연스럽지만 반대의 상황은 어딘지 어색한 것이 사실이다. 배 타는 사람과 육지에 남은 사람의 성별이 바뀌는 경우는 애로사항이 훨씬 많다. 어떤 남자가 자기 여자친구가 남자밖에 없는 배에 갇혀 1년 가까이 얼굴도 못 보는 상황을 좋아할 수 있을까. 여성 해기사의 연애는 여러 면에서 남자보다 갑절은 어렵다.

1년 내내 곁에 있어줄 수 없는 선원들은 어찌 보면 결혼하는 것 자체가 기적이라 할 수 있다. 결혼정보회사에서도 선원이라고 하면 아예 등급 자체를 매겨주지 않는다고 한다. 그런데도 시니어 사관들은 다 결혼에 성공해 행복한 가정을 꾸리고 살아간다. 결혼정보회사에서도 짝꿍을 맺어주지 않는데 어디서들 그렇게 짝을 찾는지 비결을 묻고 싶은 심정이다.

바다 위에서 연애하는 법

"내 말이 지금 그런 뜻이 아니잖아??!!"
"그럼 무슨 뜻인데!!"

그걸로 통화가 끝났다. 또 인터넷이 끊긴 것이다. 해상 기후가 좋지 않아 인터넷이 다시 연결되기까지 그로부터 며칠이나 더 소요됐다. 남자친구의 말이 그럼 무슨 뜻이었는지 영원히 알지 못했다는 이 슬픈 이야기는 사실 배 위에서 연애하는 사람들에겐 늘 있는 일이다.

배를 탄 상태에서 연애하는 건 보통의 장거리 연애보다

훨씬 힘들다. 아무리 장거리 연애라도 다음에 언제 만날지 정도는 예측이 가능하다. 하지만 해기사의 경우는 대략적인 하선 날짜도 알기 어려운 것이 현실이다. 직원들의 휴가는 회사 내 인력 운용 상황에 따라 결정되기 때문에 휴가가 정해졌다가도 연기되거나 취소되기 일쑤다. 심지어 휴가를 나갔는데도 아주 짧게만 쉬고 다시 승선해야 하는 경우도 부지기수다. 만남을 기약할 수 없다 보니 기다리는 입장에서는 고문도 그런 고문이 없고, 기다려달라고 하는 입장에서도 너무 미안해 할 말이 없는 상황이다.

연락만이라도 가능하면 고충이 좀 덜할 텐데 그것조차 여의치 않다. 망망대해에 떠 있는 연인이 같은 육지를 밟고 살면서 매일 통화하고 카톡하는 연인처럼 항상 연락이 닿을 거라고 생각하는 것 자체가 무리다. 그래도 선배들 말을 들으면 요즘은 정말 좋아진 거라고 한다. 대부분 배에서도 인터넷이 되기 때문이다(간혹 안 되는 배도 있다. 그런 배에서 연애하는 건 과연 어떨지 짐작조차 되지 않는다). 몇 년 전까지만 해도 메일이 연인과의 유일한 소통 수단이었다고 하니 과거 연인들이 바다 위에 수많은 눈물을 뿌렸을 것은 안 봐도 비디오다.

인터넷이 된다고는 하지만 육지에서처럼 빛의 속도를 생각하면 절대 안 된다. 세계적인 디지털 왕국 대한민국도 배 위의 인터넷 속도만큼은 어찌할 수 없나 보다. 카톡을 보내면 1~2초 정도 딜레이 후 도착한다. 그나마 이 정도는 애교다. 보이스톡이나 페이스톡은 딜레이 시간이 두 배 이상 길어서 5초를 넘어가기도 한다. 서로 말하는 게 겹쳐서 무슨 말을 하는지 알 수 없는 경우도 많고, 페이스톡을 하면 얼굴이 잘리거나 화면이 깨져서 내가 지금 누구와 말을 하고 있는지 거의 식별되지 않는다.

한번은 전 남자친구와 보이스톡으로 대판 싸우다가 갑자기 선내 인터넷이 끊겼다. 한숨이 절로 나왔다. 매번 하다 만 듯한 대화도 지긋지긋하고, 인터넷이 또 언제 연결되려나 답답했다. 이런 상황을 아무리 설명해도 육지에 있는 사람은 인터넷이 이 정도까지 안 된다는 걸 이해하지 못하기 때문에 싸우고 화가 나서 일부러 연락을 안 한다는 오해도 많이 받았다. 이런 오해의 소지 때문에 웬만하면 그냥 카톡으로만 연락한다. 밤새워 배터리에 불날 때까지 달콤한 밀어를 속삭이는 건 언감생심이다. 예전에 예능 프로에 골프 선수 박세리가 나와서 한 말이 생각난다. 전 세계를 돌아다

니는 그녀의 직업적 특성상 연애는 어떻게 하냐는 질문을
받고 한 말이 걸작이었다.

"그냥 안 만나요. 연락도 잘 안 하고요."

안 만나고 연락도 안 하는데 어떻게 연애가 가능하냐
는 말에 그녀는 '가능하다'고 웃으며 대답했다. 상황은 다르
겠지만 박세리 선수도 독특한 직업에서 오는 여러 고충으로
인해 자기만의 연애 방법을 찾았다는 뜻으로 해석됐다. 그
녀도 쉽지는 않았을 것이다. 실제로 배 타는 사람들의 주요
이별 사유가 바로 이 연락 문제일 만큼 이 부분이 연애의 큰
걸림돌인 건 맞다.

보통의 연인들에게 너무나 당연한 것들이 불가능하니
평생 연애도 못하고 늙어갈 것 같지만 그렇지는 않다. 모든
난관을 헤치고 연애를 잘 이어나가는 사람들이 훨씬 더 많
다. 소현이 다니는 회사에선 1인당 한 달 데이터 용량을 6기
가로 제한하고 있는데 그 이상을 쓰려면 육지에서처럼 돈
주고 데이터를 사야 한다. 지금은 데이터 가격이 많이 내려
가서 1기가에 만 원정도지만 인터넷 전화만 되던 시절엔 전

화비가 굉장히 비쌌다고 한다. 그래도 툭툭 끊기는 비정상적인 연인의 목소리라도 듣고 싶어서 그 비싼 인터넷 전화에 한 달 월급을 다 써버린 사람이 꽤 있었다. 하지만 사랑하면 다 가능하다. 언젠가 끊어지는 목소리라도 듣고 싶고 다 깨져서 누군지 구분조차 되지 않는 얼굴이라도 보고 싶을 정도로 맘에 드는 남자를 만난다면 차곡차곡 쌓아둔 통장의 돈을 꺼내 데이터를 잔뜩 살 만반의 준비를 갖추고 있다. 이 시대의 모든 장거리 커플들, 코로나로 강제 격리된 커플들 모두 파이팅이다.

유재석 안 부러운

부캐 부자

요즘은 부캐의 시대다. 국민 개그맨 유재석은 본캐도 빵빵한데 무려 열 개 가까운 부캐로 활약하고 있다. 사실 선박 기관사도 부캐로 따지자면 절대 뒤지지 않는다. 앞서 말한 일들에 더해 의사, 소방관, 경찰, 구조대원, 환경 미화원 등등의 모든 역할이 다 선원의 몫이다.

특히 응급 상황이 발생할 때가 가장 괴롭다. 배 안에서도 당연히 구급차가 달려와야 하는 상황이 생길 수 있고, 화재가 발생할 수도 있다. 하지만 태평양 한가운데의 외딴 배 안에는 아무런 대처 시스템이 없기 때문에 선원들끼리 알아서 해결해야 한다. 실제로 학교와 회사에서 지속적으로 응급 처치 및 소방 교육을 받고 배를 탄다.

CPR 및 제세동기 사용법은 중고등학교에서도 배우는 거라 그렇다 쳐도 의사도 아니면서 부목을 대는 방법과 찢어진 살을 봉합하는 법까지 배운다. 언제든지 자동 반사적으로 써먹을 수 있도록 끊임없이 반복적으로 실습한다. 실제로 어느 선장님은 수십 년간 승선한 짬으로 찢어진 손가락을 거의 의사 수준으로 잘 꿰맨다고 들었다.

이렇게 지겨울 정도로 반복하고 승선해도 실제 응급 상황이 닥치면 당황하게 된다. 대표적으로 CPR이 그렇다. 의사들이 드라마와 실제가 가장 다르다고 꼬집은 부분이 바로 이 CPR이다. 대학교에서 교육받을 때 강사는 CPR이 얼마나 어려운지 딱 30분만 해보면 알 거라고 했다. 실제로 30분을 하다가 나가 떨어졌다. 진짜 사람이 아니라 모형에 했는데도 손에 멍까지 들었다.

육지에선 사람이 쓰러져도 금방 구급차가 달려오기 때문에 이 힘든 것을 몇 분만 하면 된다. 하지만 배에선 아무리 기다려도 구급차가 오지 않는다. 사람이 쓰러지면 기약 없이 CPR을 해야 한다. 죽어라 하다 보면 멀쩡한 사람도 쓰러지기 일보 직전이 된다. SSU 등 해양 관련 특수 부대에서는 CPR 훈련을 더운 방 안에 가둬놓고 한다고 한다. 하다가 쓰러지면 물을 끼얹어 깨워가면서 죽도록 연습시킨다고 들었다.

여객선도 마찬가지지만 화물선은 화재 위험이 항상 도사리고 있기 때문에 화재에 대한 교육도 많이 받는다. 실제로 매번 시나리오를 짜서 소방 장구까지 다 갖춘 채 배 안에서 자체 훈련을 한다. 화재 등으로 더 이상 배 안에 있기가 어렵다고 판단되면 배를 버리고 대피하는 '퇴선'이 이루어지는데 이 퇴선 훈련 역시 실제 상황처럼 배 안에서 자체적으로 실행한다.

여객선을 타본 사람들은 알겠지만 배 안에는 이런 상황에 대비해 구명정과 구명조끼 등의 시스템이 반드시 갖춰져 있다. 구명조끼야 다들 사용법을 알겠지만, 구명정이나 구명 뗏목은 따로 교육을 받지 않는다면 위급상황 시 즉각적인 대처가 어려울 수 있다. 실제 선박에서도 3개월에 한 번은 반드시 구명정을 실제로 바다에 진수시켜 운전하고 그 내용을 기록해야 한다.

우리가 매일 이용하는 지하철에는 유리로 된 선반 안에 '자장식 호흡구'라는 것이 비치돼 있다. 하지만 이걸 아는 사람은 거의 없다. 지하철에 화재가 발생했을 때 이 호흡구를 사용해 자신의 목숨을 지켜야 하는데 사용법은커녕 이런 장비가 있다는 것조차 모르는 사람이 태반이다. 화재 대비 훈련을 받으면서 육지에서도 일반인을 대상으로 하는 체계적인 화재 교육이 절실하다고 생각했다.

모든 선박에 의사를 배치할 수도 없는 노릇이라 의료 역시 선원들이 자체적으로 해결한다. 배 안에도 병원이라고 불리는 곳이 있다. 선내 의료 담당자인 3등 항해사가 이 '병원'과 의약품을 관리한다. 병원에는 응급조치를 위한 설비들과 침상이 있지만 육지 병원이나 전문적인 의료진의 진료와는 당연히 비교할 수 없다. 특히 기관부는 철로 된 구조물 안에서 일하기 때문에 날카롭거나 튀어나온 부분이 많아 그냥 걸어 다닐 때도 늘 다칠 위험이 존재하므로 각별한 주의가 필요하다.

배에서는 안 아프고 안 다치는 게 최선이다. 건강 관리가 승선 생활의 중요한 능력인 것이다. 망망대해에서 나를 지킬 수 있는 건 나 자신뿐이다.

태평양 시계는

선장님 마음대로

─────── "선내 알립니다. 금일 21시에서 22시로 한 시간 후진이 있을 예정이니 업무에 참고하시기 바랍니다."

선내 방송 알림이 나왔다. 그리고 그날 밤 9시 정각. 각 방과 배 안 곳곳 벽시계들의 분침이 일제히 빨리 돌아가기 시작했다! 영화 속 타임머신처럼 순식간에 1시간 후 미래에 안착했다. 이 장면은 봐도 봐도 매번 신기해 시간 후진 알림 방송이 나온 날이면 기다렸다가 시계가 돌아가는 장면을 꼭 감상한다.

이런 영화 같은 장면이 연출되는 이유는 배의 독특한 시간 설정 때문이다. 세계 시각은 영국 그리니치 천문대를 기준으로 경도에 따라 시간대가 정해진다. 대한민국은 GMT +9시를 표준시로 쓰고 있다. 해외에 가면 그 나라의 표준시로 시계를 맞추면 된다. 그런데 태평양 한가운데를 항해하는 배의 시간대는 어떻게 맞출까? 한국과 호주 경도의 중간지점일까? 한국에서 호주로 가는 데 약 두 주가량 소요되는데 그럼 7일째 되는 날 시간을 바꾸면 될까?

정답은 '선장님 마음대로'다. 지금 타는 배는 호주에 기항하는 선박이라서 한국과 1시간의 시차가 있는데 선장님이 중간 아무데서나 시간을 바꾼다. 선교에서 시간을 조정하면 선내 벽시계들은 자동으로 시간이 바뀌는 시스템이다. 하지만 선원들이 벽시계만 보는 건 아닌 게 문제다. 개인 손목시계나 핸드폰 시계까지 바꿀 수는 없기 때문에 가끔 시간 때문에 발생하는 웃지 못할 에피소드들이 있다. 시간 바꾸는 걸 잊고 지각을 하는 경우는 다반사고, 반대로 1시간이나 일찍 출근해 김이 새기도 한다. 한번은 바뀐 시간으로 시계 맞추는 걸 깜빡 잊고 회의실로 갔다가 아무도 없는 걸 보고서야 시간이 바뀌었다는 걸 안 적도 있었다. 소중한 아침잠을 1시간이나 날렸다는 생각에 종일 억울해서 씩씩거렸다.

1시간 후진이 있는 날 당직이 걸리면 아침부터 우울하다. 쉬는 시간이 그만큼 줄어들기 때문이다. 지금 타는 배는 그나마 시차가 적어서 다행이지만 미국이나 유럽처럼 시차가 큰 나라로 가는 배를 타는 친구들은 정말 피곤하다고 한다. 그 배도 역시 시간은 선장님이 정하기 나름인데 일하는 시간대에 1시간을 후진하는 '센스 있는' 선장님도 간혹 있지만 대부분은 휴식 시간이 1시간 없어진다고 한다. 물론 반대로 한국으로 돌아올 때는 다시 1시간이 공짜로 생긴다. 덤으로 주어지는 이 시간이 너무 소중해 뭐라도 해야 할 것 같은 기분이 든다. 1시간이 없어질 땐 없어져서 못 쉬고, 1시간이 생길 땐 그 시간이 아까워서 이것저것 하느라 못 쉬고, 이래저래 쉬지 못하는 건 선원들의 숙명인 것 같다.

배마다 이렇게 시간이 다르다 보니 공문서에는 한국 시간도 호주 시간도 아닌 그리니치 표준시를 기입한다. 문서 작성할 때 시간 계산에만 따로 시간을 할애해야 할 정도로 여간 복잡한 게 아니다.

배의 독특한 시간대가 커플에게는 단순한 귀찮음을 넘

어 걸림돌이 되기도 한다. 한 사람이 육지에 있으면 상관이 없지만 둘 다 배를 타고 있으면 복잡해진다. 각자 어느 지역을 항해하고 있는지에 따라 시간대가 달라 늘 시간을 계산하고 있어야 한다. 그도 그럴 것이 시간이 나도 달라지고 쟤도 달라지니까 시차가 고정된 게 아니라 계속 변한다. 시차를 더블로 계산해야 하니 나중에 가서는 상대방이 잠자는 시간인지 식사 시간인지도 헷갈린다. 또 각 배의 선장님이 시간을 언제 바꿀지 알 수 없어서 난감하다. 안 그래도 열악한 인터넷 환경과 시차까지 덮쳐서 정말 연애하는 데 난관이 많다.

그래도 시간이 수시로 없어지는 시간대에서 살고 있는 덕분에 지금 이 순간을 더욱 소중하게 생각하게 됐다. 오늘 할 일을 내일로 미뤘다가 내일은 그 시간이 영영 사라져버릴 수도 있기 때문이다. 카르페 디엠.

파도를 넘나드는

주식 열풍

주식에 관심 있는 사람이라면 2021년 주식 열풍의 파도를 탔던 '흠슬라'를 기억할 것이다. 주가가 엄청나게 오르면서 화제가 된 흠슬라는 HMM과 테슬라를 합친 신조어다. 전기차로 핫한 테슬라는 모르는 사람이 거의 없는데 의외로 HMM을 모르는 사람들이 많은 것 같다. HMM은 국내 최대 컨테이너선 회사로 해운 회사다. 코로나로 물류량이 증가하면서 그 덕을 톡톡히 봤다. 대학 졸업반일 때 취업 준비를 하면서 염두에 두었던 회사 중 한 곳이었는데 해기사와 전혀 관련 없는 사람들의 입에도 오르내리니 신기했다. 주식 열풍이 정말로 대단하구나 싶었다.

사실 돈은 모두의 영원한 화두다. 2021년엔 주식 광풍이 몰아닥쳐 온 나라가 몸살을 앓았다. 주식 투자 안 하는 사람은 바보 취급을 당할 정도로 2030까지 '영끌'과 '빚투'로 난리통이 따로 없었다. 바다 한가운데 있는 선원들 역시 예외는 아니었다. 소현도 통장에 불어나는 돈을 보면서 자연스럽게 재테크에 관심이 생겼다. 선원들이 주식 투자에 관심을 갖는 건 신기한 현상이다. 무엇보다 빠른 정보 입수가 관건인 주식 투자에서 선원들은 이미 출발부터 한 발 뒤처져 있기 때문이다.

　하지만 그런 갑갑한 상황이 주식 열풍을 잠재울 순 없었다. 선원들은 대부분 돈을 잘 벌고 쓸 곳이 없기 때문에 재테크에 '무지막지하게' 관심이 많다. 또 배에 있는 동안은 달리 관심을 쏟을 곳이 없어서 거의 돈 얘기뿐이다. 거북이가 기어가는 것처럼 느린 인터넷으로도 증권 어플에 접속해가며 열심히 주식을 사고판다.

　소현도 월급에서 친구들 선물이나 동생들 용돈 정도를 빼면 거의 다 저축한다. 배 안에서 휴식 시간에 주로 오가는 말이 대부분 재테크 이야기다 보니 비교적 젊은 나이에 돈에 대한 관심이 생겼다. 또 소위 고수들만이 안다는 정보도 꽤 많이 들을 수 있다. 또래인 동기들만 봐도 주식뿐 아니라 비트코인까지 다양하게 투자하고 있다.

특히 외항상선을 타는 선원은 월급의 일부를 달러로 받을 수 있다는 장점이 있다. 회사마다 달러로 받을 수 있는 최대한도가 다른데 지금 회사의 경우 3기사는 한 달에 500불까지 달러로 받을 수 있다. 물론 본인이 원하면 전부 원화로 받을 수 있지만 달러로 받을 때는 고정 환율로 현재 환율보다 더 싸게 쳐주기 때문에 달러로 받는 게 무조건 이득이다. 그래서 월급에서 500불은 무조건 달러로 받아 놓는다. 이 돈은 미국 ETF에 투자하고 있다. 달러로 바로 미국 주식을 사면 환전 수수료가 붙지 않아 일거양득인 셈이다.

이런 깨알 정보는 부원 아저씨들과 대화를 나누면서 많이 얻었다. 사실 아빠뻘인 부원 아저씨들과 나눌 대화 주제는 별로 없다. 그럴 때 누구 하나가 돈 이야기를 꺼내면 순식간에 대화의 꽃이 피어난다. 앞에서도 말했듯이 돈은 누구나 관심 있는 주제니까.

"현대차 쭉쭉 떨어지던데요?"

"그러게요, 진작 뺐어야 했는데…."

한쪽에서 이렇게 탄식하는가 하면 반대쪽에서는 자신의 '감'에 대해 한창 열을 올린다.

"이 주식 무조건 오른다니까? 나 믿고 한번 넣어봐요!"

그럼 상대방은 매우 심각한 얼굴로 듣거나 심지어 메모장에 받아 적기도 한다. 소현도 옆에서 귀동냥으로 듣고 모르는 건 질문하기도 하면서 자연스럽게 대화에 동참한다. 동료와 선후배끼리 서로 어디에 투자했는지 정보도 공유하고, 해운업계 호황과 불황에 대해 진지한 대화가 오가고, 주식이 오르는지 떨어지는지 알아봐주고, 다른 사람이 넣은 주식이 떨어지면 장난으로 놀리기도 한다. 주식이 대화 창구 역할을 톡톡히 해주는 것이다. 공통 관심사를 얘기하다 보면 어느 새 가까워져 있는 서로를 발견할 수 있어 일석이조다.

이런 분위기에 편승해 남는 시간을 쪼개어 재테크 공부

에 투자하고 있다. 유튜브에서 2030이 많이 보는 재테크 채널을 구독하는 방법을 활용한다. 최근엔 배 도서관에서 재테크 서적을 자주 빌려보고 있다. 소중한 시간을 바다에 투자하며 열심히 번 돈이라 알차게 운용하고 싶다. 그렇지만 제대로 공부가 되어 있지 않은 상태로 성급히 주식에 투자하려는 생각은 없다. 스스로 충분히 준비가 됐다는 확신이 설 때 선배들처럼 주식 열풍에 올라탈 계획이다. 지금은 공부할 때다. 뭐든지 잘하려면 공부가 우선시되어야 한다는 진리는 돈에도 어김없이 적용된다.

생리,

그 참을 수 없는 불편함

오늘은 '그날'이었다. 한 달에 한 번 여자라면 누구나 피해 갈 수 없는 마법의 날. 며칠 전부터 배가 살살 아프고 몸살 기운이 있는 것 같아 어젯밤에 달력을 체크했는데 여지없이 몸이 신호를 보냈다. 며칠간 또 신경을 곤두세울 생각에 한숨부터 나왔다. 남자들밖에 없는 배 안에서 혼자 여자라 겪는 불편한 점이 한둘이 아니지만 생리는 불편함을 넘어선다. 육지와는 달리 하나부터 열까지 쉬운 게 없기 때문이다.

일단 승선 기간이 최소 6개월 이상이기 때문에 생리대

도 6개월치를 챙겨야 한다. 배는 한정적인 공간을 여러 명이 함께 쓰기 때문에 각자 짐을 최소화하는 것이 원칙이다. 실습 때 선배들은 짐이 너무 많으면 눈치 없는 사람으로 보일 수 있으니 백팩 하나와 캐리어 하나로 짐을 간소하게 싸라고 조언했었다. 그런데 6개월치 생리대를 챙기면 캐리어의 절반이 생리대로 꽉 차서 다른 짐을 넣을 수가 없다.

말이 6개월이지 일단 배를 타면 승선 기간이 한정 없이 늘어지는 게 문제였다. 처음엔 이렇게 오래 배를 탈 줄 모르고 딱 6개월치 생리대만 챙겨서 탔다가 패닉에 빠진 적도 있었다. 나중엔 생리대 개수를 세어가면서 최대한 아껴 쓰는 웃지 못할 상황까지 갔다. 물론 입항할 때 엄마에게 택배로 보내달라고 부탁할 수도 있었지만 한국 입항할 때까지가 문제였다.

그래서 궁여지책으로 생각해낸 것이 면 생리대였다. 같은 고충을 겪어본 여자 선배들의 추천으로 태어나서 처음으로 면 생리대를 사용해봤다. 장단점은 분명했다. 먼저 일회용 생리대의 단점들이 단번에 해결됐다. 짐이 확 줄었고 불확실한 하선 날짜에 불안해할 필요도 없어졌다. 세탁하는 게 매우 귀찮다는 단점이 있었지만 장점이 워낙 커서 그런 불편쯤은 감수할 수 있었다.

사실 일회용 생리대는 배 위에서 처리하는 것도 골치였다. 이는 선내 쓰레기 처리 방법 때문이다. 선내 일반 쓰레기는 소각해서 처리하고 캔 같은 쓰레기만 육상으로 하륙한다. 선내에 소각기가 따로 있어서 담당 선원이 소각하는데 혹시나 불을 붙였을 때 폭발 위험 물질이 있는지 확인하기 위해 쓰레기를 일일이 검사한다. 그래서 매번 겹겹이 밀봉하고 정성껏 싸야 한다. 남자친구 선물 포장도 이렇게 신경 써 본 적이 없는데 생리대를 버릴 때마다 최선을 다해 포장하려니 이게 뭐 하는 건가 싶어 한숨이 절로 나왔다. 다음 승선 때는 아예 포장지를 챙겨 와서 선물인 척하고 싸볼까.

작업복이 흰색인 것도 걸림돌이었다. 40도가 넘는 기관실에서 종일 일하다 보면 온몸에 땀이 줄줄 흘러내린다. 그런 상태에서 작업 시간이 길어지면 혹시 새서 하얀 작업복 밖으로 티가 날까 봐 전전긍긍하게 된다. 지금 다리를 타고 흘러내리는 게 땀인지 피인지 분간이 안 되는 지경에 이르면 얼른 화장실로 뛰어간다. 생리대 처리 때문에 공용 화장실을 이용하는 게 불편해 엘리베이터를 타고 방 화장실로 간다. 자주 방에 다녀오면 그것도 오해를 받을까 봐 최대한 텀을 길게 두고 간다. 이래저래 신경 쓸 게 너무나 많다.

정말 하나부터 열까지 불편한 것투성이라서 생리 좀 제발 안 했으면 할 때가 많지만 그래도 배를 타고 6개월 넘게 생리가 끊어져 병원에 갔다는 사람 이야기를 들었을 땐 덜컥 겁이 났다.

"소현아, 생리대는 6개월치 넉넉히 들고 가. 근데 어차피 생리 별로 안 할걸?"

처음 실습 가기 전 선배 언니들에게 이 말을 들었을 땐 무슨 뜻인지 몰랐다. 그런데 승선이 길어지니 여자 동기들은 하나같이 생리가 거의 끊겼다고 했다. 사람이 극한의 스트레스를 받으면 몸이 먼저 반응하는 법인데, 배의 생활이 육지와는 완전히 다르고 일의 강도가 세서 그렇다는 의견이 지배적이었다. 걱정이 돼서 처음 배 탈 때는 피임약을 먹고 억지로 생리를 하곤 했었다. 다행히 약간 불규칙해진 것 빼고는 크게 이상은 없어서 이제 그렇게까지 하지는 않는다.

해도 문제, 안 하면 더 문제인 생리를 배에서는 지혜롭게 안고 가야 한다. 선박 기관사, 특히 여성 선박 기관사의 길은 참 멀고도 험하다.

인생 책

『라틴어 수업』

바다를 바라보며 커피 한 잔과 함께하는 독서. 책을 사랑하는 사람들의 로망일 것이다.

1년에 배를 안 타는 시간보다 타는 시간이 훨씬 많은 소현은 틈날 때마다 이 호사를 누리고 있다. 소현이 타는 배 안에는 도서관이 있다. 1200 책장 하나 정도 되는 아담한 규모로 분야별 스테디셀러, 베스트셀러 등이 구비돼 있다. 읽고 싶은 신간을 신청하면 입항할 때 회사에서 문화비로 처리해주기도 한다.

읽은 책은 잊지 않기 위해 따로 독서노트를 만들어 기록한다. 훑어보니 배를 타서 읽은 책이 꽤 된다. 아무래도 여가를 보낼 수 있는 방법이 한정적이다 보니 육지에서보다 독서를 훨씬 자주 하게 되기 때문이다.

재미있는 점은 매일 엔지니어로 일을 하는데 관심 가는 책은 대부분 정반대의 느낌인 인문서적이라는 것이다. 휴식까지 일 생각을 하고 싶지 않은 무의식일까 싶어서 웃음이 난다.

그중에서 한 권만 뽑으라면 『라틴어 수업』(흐름출판, 2017)이다. 저자인 한동일 교수가 5년 동안 서강대학교에서 진행했다는 이 강의는 직접 듣지 못한 것이 아쉬울 정도로 훌륭하다. '오늘 하루를 즐겨라' 챕터의 내용은 통째로 필사했다.

저자는 《죽은 시인의 사회》라는 영화를 언급하는데, 영화에 대해 검색하다가 주연배우 로빈 윌리엄스가 자살로 생을 마감했다는 기사를 보게 됐다. 충격이었다. 영화 속에서 학생들에게 현재를 즐기라고 강조하던 키팅 선생님이 정작

본인은 그렇게 살지 못했던 것 같다. 아무 상관없는 남의 일일 뿐인데도 이상하리만치 가슴이 아팠다.

키팅 선생님이 말하고자 했던 것과 『라틴어 수업』에서 강조하는 건 하나다. 오늘 하루를 즐겨라. 독서의 효용 가치는 읽은 것을 실제로 적용하는 데 있다고 들었다. '나는 오늘 하루를 즐기고 있는가' 라는 질문을 받았을 때 과연 그렇다고 당당하게 대답할 수 있을까. 선뜻 입이 떨어지지 않았다.

후회가 밀려왔다. 스스로 택한 길, 누가 등 떠민 것도 아닌데 왜 이렇게 하루하루가 고역일까. 과거에 이랬더라면, 수능을 잘 봐서 의대를 갔더라면, 해양대 말고 다른 전공을 선택했더라면, 배를 타지 않았더라면, 기관사가 되지 않았더라면. 책 속의 말처럼 인간은 어쩌면 단 한순간도 현재를 살고 있지 않은 존재인지도 모른다.

「모든 사람은 상처만 주다가 종국에는 죽는다」 챕터는 상처를 바라보는 시각을 완전히 바꿔주었다. 남이 내게 주는 상처의 정체는 사실 남이 준 게 아니라 그의 행동과 말을 통해 내 안의 약함과 부족함을 확인했기 때문이라고 한다.

상처는 내 안에 있는 감추고 싶던 어떤 것이 타인에 의해 확인될 때마다 받는다는 것이다. 그래서 저자는 각자의 마음에 선로 전환기가 있었으면 좋겠다고 했다. 누군가로 인해 상처받고 내 안의 약함을 볼 때 기차가 '내 마음의 역'으로 향할 수 있도록 선로 전환기를 작동해 상처를 통해 자기가 누구인지, 자기가 진정 원하는 것은 무엇인지, 무엇을 위해 살아야 하는지를 깨닫도록 해주었으면 좋겠다고.

지난 상처들을 되돌아봤다. 어려서부터 양 어깨에 얹어진 장녀라는 책임감, 힘들었던 고교 시절, 대학 입시 실패, 생각지도 못했던 해양대 입학, 뭐 하나 쉬운 게 없는 승선 생활. 삶의 굽이굽이 상처 없는 지점이 없었다. 열심히 살았는데 결과가 보답해주지 않는다고 남들과 상황을 탓했다. 그런데 이 챕터를 읽고 곰곰이 생각해보니 그 상처들은 모두 나에게서 비롯된 것이었다. 사실은 무너진 자존감 때문이었다는 걸 꽁꽁 숨기고 싶어 사방에 날을 세우고 살아왔다.

주변을 미워하고 원망하며 보낸 시간과 에너지가 아까웠다. 해결책은 자기 안에 있다는 걸 몰랐다. 멈춰 서서 내면을 먼저 들여다보았어야 했다. 그걸 잘 알고 있는 저자도 가끔은 상처가 아프다고 말해줘 위안이 됐다. 완벽해야 한다고 강요하지 않아서 고마웠다. 이제 알았으니까 자신을 잘 보듬어주면 될 일이다.

뒷부분에 수록된 수강생들의 후기도 감동이었다. 저자는 중간고사 과제로 '데 메아 비타(나의 인생에 대하여)'를 내줬다고 한다. 학생들은 이 숙제를 하면서 몰랐던 자신을 만났다고 고백했다. 20대에 방황하던 누군가가 이 강의를 듣고 인생의 방향성을 잡았다는 이야기, 잘난 친구들 사이에서 열등감에 빠져 있다가 자신을 사랑하게 됐다는 이야기, 마침내 남들과 비교하는 나쁜 습관을 버리고 자기만의 길을 걷게 됐다는 이야기 등등 또래들의 고백이 마치 소현 자신의 이야기 같았다. 어쩌면 이렇게 똑같이 아프고 흔들리는지.

『라틴어 수업』을 읽고 나만의 '데 메아 비타'를 써보기로 결심했다. 저자의 책에서 언급된 바로는 이 과제를 내어주었을때 학생들의 '데 메아 비타'는 한결같이 과거 이야기가 주를 이룬다고 한다. 사람들은 과거 또는 미래에 대해서는 많은 생각을 하면서 정작 제일 중요한 지금 현재에 대해서는 거의 쓰지 않는다고 한 말이 마음에 와 닿았다. 그래서 소현의 '데 메아 비타'는 다르게 써보기로 했다. 과거 이야기 극히 조금, 미래 이야기 조금, 현재 이야기 아주 많이. 다시 못 올 청춘을 배에서 버린다고 아까워하지 말고 지금 이 순간에 최선을 다하면 그게 곧 상처를 치유하는 길이고 현재를 온전히 즐기는 게 아닐까. 벌써부터 쓸 이야기가 넘쳐난다.

부모님이

배에 오신 날

앞에서 말했듯 배에는 '방선'이라는 제도가 있다. 글자 그대로 선박을 방문한다는 뜻인데 가까운 사람들과 오랫동안 떨어져 지내야 하는 직업의 고충을 고려해 한 국항에 입항할 때 그들과의 만남의 자리를 주선하는 것이다. 가족을 만나도 좋고 연인을 데려와도 무방하다.

실습생 신분일 때 방선을 체험해볼 기회가 있었다. 감사하게도 당시 기관장님이 실습생에게도 방선을 허락해주셨기 때문이다. 당연히 부모님을 초청했다. 부모님은 이제 갓 대학 3학년인 딸이 배를 타고 바다로 나간 뒤 내내 마음을 졸이셨다. 잘 지내고 있다고 안심도 시켜드리고 배도 구경시켜드릴 작정이었다. 선박 기관사라는 직업이 워낙 특이하다 보니 부모님에게 아무리 설명해도 이해를 못 하시는 부분이 많았다. 이번 기회에 딸이 어떤 일을 하는지 정확하게 알려드릴 기대감에 부풀었다.

배가 통영항으로 입항하자 설레기 시작했다. 부모님을 만난다는 게 이렇게 설레는 일이었나. 고등학교 때부터 기숙사에 들어가면서 집이 아닌 곳에서 생활하는 데 익숙했지만 사회생활을 하면서 오래 떨어져 있다가 부모님과 재회하는 기분은 또 달랐다. 군대를 가보진 않았지만 먹을 걸 잔뜩 사갖고 면회오는 부모님을 기다릴 때 느끼는 이등병의 심정과 비슷할 것 같았다.

아빠와 엄마는 통영항에 이미 와 계셨다. 서울에서 통영까지는 끝에서 끝이라고 할 정도로 먼 거리인데도 두 분 모두 전혀 피곤한 기색이 없었다. 5개월 만에 만난 부모님은 말이 안 나올 만큼 반가웠다. 부모님은 양손에 보따리를 잔뜩 들고 있었다. 아직은 어린 딸이 예쁨받았으면 하는 마음에 선원들에게 나눠줄 떡을 한가득 사들고 오신 것이다. 활짝 웃으며 갱웨이(항구 접안 시 사람들이 오르내릴 수 있도록 설치하는 계단)로 올라오는 부모님의 모습에 울컥했다. 하지만 얼른 눈물을 삼키고 한달음에 갑판을 달려나갔다. 안 그래도 노심초사했을 부모님에게 씩씩하게 잘 지내고 있다는 걸 보여주고 싶었다.

아빠와 엄마를 배 안으로 안내했다. 평소 작업하는 공간과 방을 보여드리며 하나하나 설명했다. 부모님은 그간 이야기를 많이 들었지만 직접 보는 건 또 다르다면서 모든 걸 신기해하셨다. 좁은 배 안 곳곳이 방선 온 가족들로 북적였다. 삭막하기만 했던 일터가 이날 하루만큼은 편안하고 화기애애한 집 안방으로 바뀐 듯했다. 아무래도 실습생이다 보니 선배들이 잘해주고 챙겨줘도 눈치를 보게 되는 건 어쩔 수 없었다. 늘 목소리도 조심해서 내려고 노력했는데 이날은 부모님 앞이라서 그런지 목소리가 방방 떴다.

원래 방선 온 가족은 자기 방에서 자는 것이 원칙이다. 그런데 당시 방은 실습생에게 배정된 곳이라 너무 협소했다. 안 그래도 그 점이 신경 쓰였는데 다행히 1항사님의 배려로 좀 더 넓고 쾌적한 방으로 옮길 수 있었다.

세 식구에게 그날 밤은 아주 특별한 밤이었다. 늘 함께 누워 잠자던 과거의 어느 밤을 자연스럽게 떠올리게 해주었다. 사실 고등학교에 진학하고부터는 가족과 이런 밤을 거의 갖지 못했다. 게다가 지금 누운 곳은 통영 바다였다. 지중해 연안 멋진 독채 숙소에서 밤을 맞이한다는 착각이 들었다.

부모님과 나란히 누워 정말 많은 이야기를 나누었다. 불을 끄고 눕자 가슴속 깊숙이 묻어놓았던 이야기들이 하나씩 나왔다. 원래는 안 하려던 말도 하게 됐다. 실습하다가 힘들었던 이야기, 해양대에 입학해 적응하느라 고생했던 이야기, 더 나아가 수험 생활과 대입 실패에서 온 절망감까지 이야기는 깊어졌다. 원래 눈물이 많은 편이라 감정이 북받쳤다. 아빠엄마는 별 말씀 없이 이야기를 들어주었다. 그냥 부모님이 옆에 있다는 것만으로도 큰 위안이 됐다. 아마 방선에는 이런 의미도 있지 않을까 하는 생각이 들었다. 오랜만에 사랑하는 사람들을 만나 회포도 풀고 배 안에선 얻을 수 없었던 마음의 위로도 받으라는 깊은 뜻 말이다.

베개에 머리만 대면 잠에 드는 편인데, 이 날은 아침이 거의 희뿌옇게 밝아올 때까지 잠에 들지 못했다. 옆자리에서 엄마가 계속 뒤척였기 때문이다. 엄마가 급기야는 못 참고 물었다.

"여기, 원래 이렇게 시끄럽니?"

배 안의 기기들 소음 때문에 못 주무시는 것이었다. 사실 엄마는 그날 밤 화장실에 가서 변기물을 내리다가 두 번이나 까무러칠 뻔했다. 배의 변기는 물을 내리면 천둥치는 듯한 굉음이 난다. 자다가 옆방 물 내리는 소리에 잠이 깰 정도다. 그걸 미리 알려드렸어야 했는데 깜빡했다.

오히려 다행이었다. 괜히 속 얘기를 쏟아놓는 바람에 엄마가 만감이 교차해 잠을 못 이루는 줄 알았는데 시끄러워서였다니, 웃음이 나왔다. 엄마는 딸이 이렇게 시끄러운 환경에서 잠을 청해야 한다는 걸 안쓰러워하셨지만 그것만큼은 자신 있게 말할 수 있었다.

내 귀엔 저 소리가 전혀 안 들려요.

LNG선은 하역 시간이 워낙 짧아 방선은 하루도 채 지나지 않아 마무리해야 했다. 부모님과 헤어질 시간이 다가오자 마음 한구석이 뻥 뚫린 것처럼 허전했다. 그래도 애써 안 그런 척 웃으면서 배웅했다. 원래 쿨한 성격의 아빠와 엄마도 몇 번이나 뒤를 돌아보면서 배에서 내렸다.

그로부터 며칠 후 엄마에게서 카톡이 도착했다.

"소현아, 잘 때 귀마개 필요하면 말해, 엄마가 다음 입항 때 택배로 보내놓을게!"

엄마는 이번 방선에서 오랜만에 딸을 만난 것보다 소음이 훨씬 인상적이었나 보다. 역시 쿨한 우리 엄마.

태풍이 불 때는

말입니다

소현은 선배들이 인정하는 '뱃사람'이다. 체질이 완전히 배를 타도록 타고난 사람이란 뜻이다. 그중 가장 덕을 보는 건 뱃멀미를 안 한다는 점이다. 선원이라고 전부 뱃멀미를 안 하는 건 아니다. 뱃멀미는 노력으로 극복할 수 있는 게 아니기 때문에 그런 사람들은 배가 조금만 흔들려도 괴로워한다.

원래 뱃멀미가 없는 데다가 현재 승선 중인 배가 대형 선박이라서 파도의 움직임에 영향을 덜 받는 관계로 멀미 걱정은 거의 없다. 하지만 그럼에도 힘든 경우가 있다. 태풍이 지나가거나 해상 상황이 안 좋을 때다. 배가 말 그대로 '말도 안 되게' 흔들리기 때문에 뼛속까지 뱃사람인 소현도 어쩔 수 없이 영향을 받는다. 멀미도 멀미지만 진짜 힘든 건 흔들리는 배 안의 안전 문제다.

태풍이 다가오면 선박은 그 구간을 피해서 항해한다. 그럼에도 피하지 못할 때가 당연히 있다. 배가 흔들리는 것을 선원들은 '롤링한다'고 표현하는데 롤링이 10도 이상 넘어가면 엘리베이터 사용이 중단된다. 지금 배는 12층으로 꽤 높은 편이라 엘리베이터 작동이 중단되면 12층을 계단으로만 오르락내리락해야 돼서 작업이 여간 불편한 게 아니다. 또 침대에 누워도 꼭 누가 일부러 굴리는 것처럼 몸이 이리저리 굴러다니기 때문에 잠들기가 어렵다. 작은 배는 흔들림이 훨씬 심하기 때문에 롤링할 때 침대에 몸을 묶을 수 있도록 끈이 따로 달려 있다.

불편하기만 하면 그나마 다행이지만 생명의 위협을 느끼는 경우도 있다. 롤링이 심하면 방이 흔들리면서 방 안의 물건들이 다 쏟아져버린다. 유리 제품이나 컴퓨터, TV 등이 파손되면 정말 위험해진다. 물론 배는 기본적으로 이런 상

황에 대비해 모든 물건이 고정되어 있다. 서랍은 손잡이의 잠금 장치를 해제해야 열리고, 책장에도 책이 쓰러지지 않게 장치가 되어 있다. 소파나 책상처럼 덩치가 큰 것들은 아예 땅바닥에 붙어 있다.

그런데 어느 날 밤 자다가 너무 쾅쾅거려서 한밤중에 일어났다. 불을 켠 소현은 자기 눈을 의심했다. 눈앞에서 냉장고가 걸어다니고 있었다!

비몽사몽이라 무슨 상황인지 파악이 되지 않았다. 바닥엔 냉장고 문이 열리면서 쏟아져 나온 음식물들과 선반 위에서 떨어진 물건들이 굴러다니고 있었다. 그제야 롤링 중이라는 걸 알아차렸다. 바닥에 붙이지 못하는 냉장고는 끈으로 고박을 해놓았는데 하필이면 그 끈이 풀린 것이다. 태풍이 올 것 같으면 선내 방송 등을 통해 선원들에게 대비를 시키는데 한밤중이라 방송을 하지 못했던 것 같다(원칙적으로 한밤중엔 방송을 하지 않는다). 일단 위험한 것부터 치우기로 했다. 목표물은 냉장고였다. 무거운 냉장고가 한밤중에 돌아다니고 있으니 거대한 괴물처럼 보였다.

낑낑대면서 간신히 냉장고를 제자리로 밀어 넣으려던 순간 배가 반대로 기울어졌다. 냉장고는 다시 소현 쪽으로 사정없이 미끄러졌다. 냉장고 자체의 무게에다가 배의 기울기까지 더해져서 속도가 어마어마했다. 순식간에 냉장고와 벽 사이에 그대로 끼어 버렸다. 본능적으로 손을 앞으로 뻗어 공간을 살짝 확보했지만 발등에 부서진 것 같은 아픔이 전해졌다.

냉장고와 벽 사이에 낀 채로 진정하려고 노력했다. 바로 옆방에 동료들이 있었지만 롤링이 이렇게 심할 때는 그들의 상황도 마찬가지일 것이다. 다들 어딘가에 끼어 발버둥치고 있을지도 모를 일이었다. 즉, 혼자 힘으로 냉장고에서 탈출해야 한다는 뜻이다. 배가 반대쪽으로 확 기울 때까지 기다리기로 했다. 그 순간을 놓치지 않고 잽싸게 냉장고를 밀어야 한다.

드디어 배가 반대로 기울기 시작했다. 젖 먹던 힘까지 총동원해서 냉장고를 냅다 밀었다. 냉장고는 아까 달려오던 속도 그대로 이번엔 반대쪽 벽으로 미끄러졌다. 그 틈을 놓치지 않고 잽싸게 냉장고를 벽에 고정했다. 그리고 마치 화난 친구를 진정시키는 것처럼 두 팔을 한껏 벌려 냉장고를 다독였다. 제발 그만 돌아다녀라. 그 상태로 롤링이 잦아들기를 기다렸다.

어느새 창밖은 희뿌옇게 새벽을 알리고 있었다. 흔들림은 눈에 띌 정도로 진정됐다. 깜빡 잠들었던 모양인데, 창문으로 들어오는 희미한 새벽빛에 잠이 깼다. 파도가 잔잔해진 걸 확인한 뒤 꼭 안고 있던 냉장고에서 손을 뗐다. 온몸에 기운이 쭉 빠졌다. 그제야 아까 냉장고 끼인 발등을 내려다보았다. 시퍼렇게 멍이 들어 있었다. 시계를 보니 곧 출근 준비할 시간이었다. 밤새 냉장고와 사투를 벌인 것과 상관없이 하루는 어김없이 시작되고 있었다.

러닝머신으로

서핑 해봤니?

—————— 소현은 운동을 좋아한다. 운동광까지는 아니지만 꽤 일찍부터 헬스장을 다니곤 했다. 배를 타기로 지원한 데도 책상에 가만히 앉아 있는 것보다는 직접 몸을 움직이는 걸 선호하는 취향이 십분 반영됐다. 대학 때는 테니스 동아리 회장을 맡았고, 웨이트보다 어렵다는 크로스핏에도 발을 담가봤다.

배에선 갑판이 운동장이다. 이번 배 기관장님이 운동을 좋아해서 기관부는 주말마다 갑판 위를 달린다. 지금 타는 배는 선수에서 선미까지 300미터 정도 된다. 왕복 10바퀴를

돌면 6킬로미터쯤 달리는 셈이다. 대부분 LNG 탱크는 네모 난 멤브레인 타입인데 지금 타는 배는 탱크가 동그란 지구 모양인 모스(moss) 타입이다. 그 탱크가 갑판 자리 대부분 을 차지하고 있다. 갑판상에 탱크의 윗부분이 반구형 모양 으로 4개가 일렬로 있는데 이 주변을 빙 둘러서 달리는 것이 코스다. 출항한 지 얼마 되지 않았을 땐 수많은 새들이 배를 따라오는데 새들과 같이 바다 위를 달리는 기분은 말로 설 명할 수 없을 정도로 상쾌하다.

하지만 갑판은 다양한 작업이 이루어지는 공간이라 평소엔 조깅을 하기에 적합하지 않다. 다행히 선내 헬스장이 따로 있다. 러닝머신, 자전거, 역기 등 헬스 기구 몇 가지만 있는 단출한 곳이지만 운동에 대한 갈증을 풀기엔 그럭저럭 괜찮다. 배에서도 매일 이곳에 들러 운동을 빼놓지 않는다. 사실 육지에 있을 때보다 배를 타는 동안 운동에 더 신경을 써야 한다. 스트레스가 심한 환경이라 자칫 체력 관리에 소홀히 했다가 일에 지장을 주거나 나아가 건강을 해칠 수 있기 때문에 자기 몸은 자기가 챙겨야 한다.

주로 러닝머신을 이용하는데 배의 헬스장에서 타는 이 러닝머신이 상당히 재미있다. 특별히 파도가 거세지 않아도 바다 위를 떠가다 보니 항상 흔들림이 있기 마련인데 바닥에 고정돼 있는 러닝머신도 그 물결을 같이 타게 된다. 배가 앞으로 기울면 갑자기 내리막길이 되면서 빨리 뛰어야 한다. 반대로 배가 뒤로 기울 땐 순식간에 오르막길로 바뀌어서 헉헉대고 달린다. 같은 시간을 뛰어도 육지보다 운동량이 두 배로 늘어난다는 장점이 있다. 러닝머신 자체에도 경사를 주는 기능이 있지만 배가 물결을 탈 때 러닝머신을 타는 건 또 다른 기분이다. 훨씬 재미있다!

사실 물을 무서워해서 서핑은 꿈도 못 꿨었다. 해양대 동기들 중에는 해양 스포츠를 좋아해 여름마다 바다에서 서핑을 즐기는 친구들이 종종 있다. 서핑하는 기분은 어떨까 늘 궁금하고 부럽기만 했었는데 러닝머신을 타니까 그 기분이 어떤 건지 아주 조금은 짐작이 갔다. 파도가 조금 센 날엔 러닝머신 파도의 끄트머리에 올라앉았다 상상하고 일부러 눈을 감고 느껴본다.

나는 지금 호주 골드코스트 해변에 서 있다. '서퍼스 파라다이스'라는 별명답게 전 세계 서퍼들이 서핑을 하기 위해 몰려들었다. 옆구리에 서핑 보드 하나씩 끼고 적당한 파도의 타이밍을 기다리는 중이다. 찰랑이는 바닷물 속에 발을 담근 채 한발 한발 앞으로 나아간다. 차가운 바닷물의 감촉이 얼른 바다로 나아가라고 재촉한다. 서핑보드를 바다에 띄우고 파도를 향해 양팔을 힘차게 젓는다. 앞에서 커다란 파도가 밀려온다. 바로 지금이야! 보드 위에 얼른 올라타 몸의 균형을 잡는다. 파도가 손에 닿을 듯 커다란 원을 그리며 내 몸을 둘러싼다. 가만히 손을 뻗어 파도 속으로 쑥 집어넣······.

"너 뭐 하니?"

갑자기 주변에서 파도가 사라졌다. 서핑보드도 사라졌다. 2초간 발을 멈추고 있었는지 앞으로 기울어지는 러닝머신 때문에 계기판으로 떠밀려 가 부딪힐 뻔했다. 혼자인 줄 알았는데 어느 틈엔가 기관장님이 들어와서 역기를 들고 있었다.

"롤링할 땐 위험하니까 웬만하면 러닝머신 타지 마라. 넘어질 뻔한 거 같은데."
"네, 알겠습니다!"

점점 심해지는 롤링에 얼른 운동을 마무리하고 나왔다. 배의 흔들림이 심해지면 러닝머신도 그렇지만 덤벨 같은 무거운 기구가 굴러다닐 경우 매우 위험하므로 항시 조심해야 한다. 기관장님께 인사를 하고 헬스장을 나오면서 아쉬운 마음이 들었다.

다음 휴가는 모래알이 반짝이는 바닷가에서 진짜 서핑을 해보고 싶다!

강제로 아날로그

"부루마블 할래, 할리갈리 할래?"

알록달록한 그림이 그려진 상자를 앞에 놓고 말다툼이
벌어졌다. 서로 하고 싶은 게임이 첨예하게 갈렸다. 두 편으
로 나뉘어 부루마블을 하겠다, 할리갈리를 하겠다 한 치의
양보도 하지 않았다. 결국 가장 공평한 가위 바위 보로 결정
했다. 승자는 할리갈리였다.

"예!!!!!!!!!!!"

아직 게임은 시작도 하지 않았는데 분위기는 이미 달아오를 대로 달아올랐다. 먹음직스러운 과일들이 그려진 카드가 테이블 위를 돌고 가운데엔 은빛 찬란한 종이 자리 잡았다. 드디어 게임이 시작됐다. 여기서부터는 누가 산수를 빨리 하느냐 싸움이다. 수학이 아니다. 산수다. 2+3, 4+1만 할 줄 알면 되는 게임. 카드가 한 장씩 펼쳐질 때마다 종 근처로 흥분한 손들이 들락날락했다. 마침내 딸기 개수가 5개가 된 순간 0.1초만에 손 네 개가 종 위로 겹쳐졌다. 그 기세에 눌린 종은 영롱한 '땡' 소리를 내지 못하고 '턱'하고 둔탁하게 주저앉았다.

"내가 먼저 쳤잖아!"
"아니야, 내가 먼저 쳤어!"
"제발 반칙들 좀 하지 마!"

쌓인 손들이 누가 이겼는지 정확히 보여주고 있었지만 자기 손이 빨랐다는 실랑이는 매번 단골 메뉴처럼 등장한다. 결국 승자는 가려질 수밖에 없고 이긴 사람은 축구 한일전 역전골이라도 넣은 것처럼 세리모니를 하며 과일 카드를 싹 쓸어간다. 7, 8살짜리 어린이들이 모인 자리가 아니라 대학을 졸업하고 사회에 진출한 어엿한 전문직 사관들의 저녁 풍경이다.

보드게임은 선원들이 자주 즐기는 놀이다. 어렸을 때는 동생들과 방학마다 자주 했던 게임들인데, 나이가 들면서 잊고 살다가 배에서 다시 보게 됐다. 배 위에선 여가를 보낼 수 있는 방법이 제한적이라서 본의 아니게 다들 어린 시절로 돌아간다. 유튜브와 인스타, 넷플릭스의 시대에 그들은 보드게임을 한다. 그것도 아주 재미있게. 미처 몰랐는데 배에서 하는 보드게임은 굉장히 스릴 있다.

육지에선 모두 스마트폰에 눈을 고정하고 있을 시간에 선원들은 보드게임도 하고 탁구를 치며 땀을 흘리기도 한다. 소현도 배를 타기 전에는 유튜브를 달고 살았다. 눈 뜨면서부터 잘 때까지 휴대폰에서 벗어나지 못하는 삶이었다. 하지만 인터넷 환경이 열악한 배에서 유튜브를 본다는 건 매우 사치스러운 일이다. 영상이 자꾸 끊겨 제대로 볼 수가 없기 때문이다.

자연스럽게 휴대폰을 보는 시간이 현저히 줄었다. 휴대

폰 끊기가 담배 끊기보다 어렵다는데 배에서는 저절로 가능해진다. 대신 다른 취미활동을 찾았다. 독서를 많이 하게 됐다. 지금이 대학 때보다 시간은 훨씬 더 없지만 오히려 책은 더 많이 읽는다. 유치원 다닐 때 하던 컬러링북도 즐긴다. 미술을 전공하는 동생이 매의 눈으로 엄선한 각종 컬러링북이 도착하면 설레기까지 한다. 색연필도 새로 장만했다. 다시 어린이로 돌아간 것 같은 기분은 의외로 괜찮았다. 한번은 읽고 싶은 책이 있어 온라인 서점에 접속했다가 컬러링북만 한참 보고 나온 적도 있었다.

동생이 보내준 택배 안엔 스티커북도 있었다. 처음엔 내가 이걸 왜 하겠어 했는데 엄청 재미있게 하고 있다. 요즘 스티커는 떼었다 붙이는 게 자유자재로 되고 종이의 질도 무척 좋아져 떼는 재미와 붙이는 재미가 쏠쏠했다. 퍼즐도 시작했다. 기왕 하는 거 제대로 해보고 싶어 1000피스 짜리에 도전했다가 주말을 온전히 반납하고 거기에만 매달렸다. 해놓고 나니 그렇게 뿌듯할 수가 없었다. 너무 자랑스러워 방 벽에 액자처럼 걸어놓았다.

한번은 생일 선물로 뭘 받고 싶냐는 엄마의 질문에 대

답하다가 웃은 적이 있었다.

"색칠공부 책이랑 스티커북, 퍼즐 요런 거요. 참, 그때 받은 건 다 했으니까 동생한테 물어보고 다른 공주로 보내주세요. 공주 말고 다른 것도 있어요? 꽃이나 풀, 새, 뭐 이런 것들요. 여기선 잘 못 봐서 그런 거 색칠하면 좋을 것 같아요."

말하다보니 우스웠다. 이렇게 아이 같은 선물이라니. 엄마도 소현이 어렸을 때 선물 고르는 것 같다면서 좋아하셨다.

남자 선원들은 뒤늦게 건담이나 프라모델, 레고 블록 등에 푹 빠지는 경우도 종종 있다. 시간을 보내기에 그만이고 뿌듯함은 덤이라고 한다. 또 배 안에 있는 테트리스, 보글보글 같은 추억의 게임기도 심심함을 달래준다.

본의 아니게 강제로 아날로그가 됐지만 약간 불편하긴 해도 힘들다고 느껴본 적은 별로 없다. 원래 인간은 환경에 적응하기 나름이고, 스마트폰의 폐해를 몸소 체험한 기회가 된 것도 사실이다. 배를 타지 않았다면 동료들과 둘러앉아 환호성을 지르며 보드게임을 할 기회도 없었을 것이고, 스마트폰을 끄고도 충분히 혼자만의 시간을 즐길 수 있다는 걸 영원히 몰랐을 것이다.

『아날로그의 반격』(어크로스, 2017)이라는 책을 보면 디지털에서 아날로그로 회귀한 사례들이 나온다. 저자는 그 이유를 '진짜가 아니라는 느낌 때문'이라고 했는데, 직접 경험해보니 정말 맞는 말이다. 조그만 사각형 화면 속에서는 절대 느낄 수 없는 인간의 감성을 배에서는 느낄 수 있다. 할리갈리의 뜨거운 열기만 해도 그렇지 않나. 그런 의미에서 이 책을 읽는 분들에게 꼭 권하고 싶다. 오늘 하루만, 아니 오늘 저녁만이라도 잠시 스마트폰을 꺼보시라고. 눈을 돌리면 그동안 보이지 않던 게 보일 것이고, 그 속에서 선물처럼 내가 찾고 있던 걸 발견할 수도 있으니까.

당연한 것의

소중함

전기와 수도 만들어 쓰기

─────── 1년 내내 바다 위를 떠다니는 선박은 하나의 독립된 도시 느낌을 준다. 주기적으로 입항할 때를 제외하고는 대부분 바다 위에 고립돼 있기 때문에 육지처럼 발전소에서 전기를 받아쓰고 수도꼭지만 틀면 물을 편하게 쓸 수 있는 여건이 아니다. 그래서 배 안에는 전기를 만드는 발전기와 물을 만드는 조수기가 따로 있다.

회사마다 직급별 담당 기기가 다른데 지금 타는 배의

발전기와 조수기는 3기사 담당이다. 조수기는 바다에 차고 넘치는 해수를 끓인 다음 다시 냉각시켜 청수를 만드는 기계다. 이렇게 만든 물은 청소, 샤워, 설거지, 변기 등에 사용된다. 일정량은 살균기를 거치고 미네랄을 첨가해 식수로도 쓴다. 지금 타는 배는 옛날 화물열차처럼 고온 고압 스팀으로 추진되는 선박인 만큼 스팀으로 사용되는 물 역시 이 조수기로 만들어낸다.

아파트에서도 단수가 되면 당장 일상이 올스톱된다. 순식간에 변기와 수도, 마시는 물도 구할 수 없게 된다. 배에서도 마찬가지다. 상선의 경우 조수기가 생산한 물을 저장하는 청수탱크 용량이 크고 사용 인원이 적어 그럴 일은 거의 없지만 군함 같은 경우는 물이 충분치 않으면 절수 혹은 단수를 실시한다. 그러면 제대로 씻지도 못하고 빨래도 못한다. 또 상선에서는 조수기를 잘못 돌려 염도가 높은 물을 생산하게 되면 짠물을 마셔야 하는 상황이 생길 수도 있다.

불가피하게 조수기를 못 돌리는 경우에는 육상에서 물을 받아서 쓰기도 한다. 하지만 물값이 기름값보다 비싸다는 게 문제다. 배에서 하루에 사용하는 물의 양은 약 20톤으로 한 달이면 약 600톤이 필요하다. 이 많은 양의 물을 어디서 그냥 받아올 수는 없으니 돈을 내고 사야 한다. 그나마도 공업용수만 팔아서 식수로는 사용할 수 없는데 이마저도 기름값보다 비싸다. 근본적인 해결책도 아니기 때문에 조수기 담당 기사는 선원들의 수분 공급과 최소한의 인간다움을 지켜내야 하는 막중한 책임을 양 어깨에 지고 있다.

조수기만으로도 책임이 무거운데 발전기도 같은 기사가 맡는다. 발전기는 전기를 생산하는 기계다. 전기의 중요함은 수도에 필적한다. 우리 생활에 전기가 쓰이지 않는 곳은 거의 전무하다고 봐도 무방하다. 전기와 전혀 상관없을 것 같은 수돗물도 전기가 끊어지면 수도 밸브가 작동하지 않으면서 같이 끊어진다. 다행히 선박에선 수도 밸브가 전기 컨트롤이 아닌 기계식이라서 전기와 수도가 동시에 끊기는 경우는 없다. 그럼에도 선박에서 전기가 끊기는 상황은 재난 수준이다. 선박 컨트롤 계통이 거의 전기로 동작하기 때문에 전기가 나가면 바다 한가운데서 선박이 멈춰버리기 때문이다.

라이팅 시스템부터 각종 기기 컨트롤까지 전기 없이는

돌아가지 않는다. LNG선은 두 종류의 발전기를 사용한다. 하나는 기름으로 엔진을 구동해 전력을 생산하는 디젤 발전기, 다른 하나는 고온 고압 스팀으로 터빈을 돌려 전력을 생산하는 터빈(turbine) 발전기다. 실제 육상 발전소에서 전력을 생산할 때 쓰는 발전기가 바로 이 터빈 발전기다.

전기와 수도는 인간 생활에 없어서는 안 될 필수 자원이라 원래는 국가 기관이 맡아 공급해야 한다. 하지만 공간과 여건이 제한된 배 안에선 고작 기관사 한 사람이 맡아 집약적으로 처리한다. 그만큼 업무에 대한 부담감이 크지만 한편으로는 육지에서 해보지 못하는 다양한 경험을 두루 할 수 있다는 장점도 있다. 선박 기관사가 항해사보다 다른 분야로 진출할 수 있는 여지가 많은 것도 이 때문이다. 일례로 선박 기관사 중에서는 배 위에서 터빈 발전기를 만져봤던 경험을 바탕으로 나중에 육상 발전소로 이직하는 경우도 꽤 있다고 한다.

말이 나온 김에 직급별 담당 기기를 잠시 설명하자면 바로 위 직급인 2기사는 메인 보일러(Main Boiler), 1기사는 선박의 주 추진기관(LNG선의 경우 Main Turbine)을 담당한다.

소현은 이번에 승선하면서 직급이 3기사B에서 3기사A로 바뀌어 조수기와 발전기를 담당하고 있다. 선박에는 이처럼 생각지도 못한 다양한 기기들이 많다. 스위치만 틀면 콸콸 쏟아져 나오는 줄 알았던 전기와 수도도 사실은 이렇게 많은 기계와 사람들의 노고로 우리 앞까지 오게 되는 것이다. 선박 기관사가 되지 않았다면 영원히 몰랐을 것이다. 배를 타면서 물 한 모금, 스탠드 불빛 한 줄기도 한없이 소중해진다.

똥통 작업

> 휴지는 제발 휴지통에 넣어 주세요. 변기가 막혀요!

공중 화장실마다 꼭 붙어 있는 문구다. 배를 타면서부터 이 문장에 들어간 '제발'의 의미를 절절히 이해하게 됐다. 물을 내리다가 변기가 막히면 직접 뚫어야 하기 때문이다. 일명 똥통 작업인데 이걸 직접 해보지 않은 사람은 그 미칠 것 같은 심정을 모른다.

기관사는 직급별로 담당하는 기기가 다르다. 기관부 사

관 중 막내인 3기사가 맡는 기기는 에어컨, 냉동공조 계통, 선내 전기계통, 엘리베이터, 그리고 변기와 분뇨 처리 장치 (Sewage Plant)다.

3기사 직급이 힘들다고 말하는 이유 중 하나가 바로 분뇨 처리 장치에 있다. 쉽게 말해서 '똥통'으로, 선내 일부 오수 및 변기에서 나온 오물이 모이는 탱크다. 배 안 모든 방의 변기는 기관실의 분뇨 탱크로 가도록 배관으로 연결돼 있다. 배관 두께는 직경이 500ml 생수병 정도로 얇은 편이다. 그래서 누군가 휴지나 이물질을 넣으면 바로 막혀 그 라인 화장실 전체를 쓸 수 없게 된다. 심한 경우엔 파이프를 다 뜯어내야 하는데 그 과정에서 안에 가득 들어차 있던 오물을 뒤집어쓰거나 만져야 하는 일이 생긴다.

지금 타는 배는 1994년에 대한민국에서 두 번째로 건조된 LNG 운반선으로 선령이 굉장히 높은 편이다. 그래서 다른 선박에 비해 노후화가 심하다. 당연히 변기 고장도 잦고 배관도 자주 막힌다. 아파트 배관이 오래되면 녹이 슬고 자꾸 문제를 일으키거나, 혈관이 오래되면 좁아져서 막히듯이 분뇨 관련 배관들도 좁아져 있는 탓이다. 정말 하루가 멀다 하고 변기를 뜯을 일이 생긴다. 변기 작업이 생기는 날이면 새 배를 탄 동기들이 한없이 부러워진다. 새로 건조된 선박은 변기 작업을 거의 안 하는 경우도 있다고 들었기 때문이다.

이러니 화장실을 '함부로' 사용하는 선원이 있으면 굉장히 민감해진다. 자기가 똥통 작업 안 한다고 막 쓰는 건가 싶어 화가 난다. 변기가 막히면 누가 뭘 집어넣어서 이렇게 된 건지 범인을 색출하고 싶은 심정이다. 스스로도 극도로 조심한다. 변기 물을 내릴 때마다 안 내려가면 어떡하지, 하는 긴장감으로 가슴까지 두근거린다.

매사 조심하면서 내리는데 어느 날 아침 변기 레버를 누르는 순간 감이 왔다. 진공이 빨리는 소리조차 나지 않았다. 간절한 심정으로 조심스럽게 한 번 더 눌렀다. 그러자 내려가야 할 물이 막혀 변기 가득 천천히 차오르기 시작했다.

막혔구나!

땅이 꺼져라 한숨이 나왔다. 배에선 배관이 터질 수도 있어서 뚫어뻥도 쓸 수 없다.

직접 뚫어야겠구나….

천근만근 무거운 발을 이끌고 분뇨 탱크로 내려갔다. 상황을 보니 간단한 작업으로 해결될 문제가 아니었다. 변기를 들어내 변기 바로 앞쪽 배관을 살펴봤지만 아무래도 이 앞단 파이프에서 막힌 듯했다. 이렇게 되면 벽까지 들어내 안에 있는 파이프를 중간에서 잘라 살펴봐야 할 판이었다. 지나가던 상사가 불쌍하다는 표정으로 "수고해" 한 마디를 던지고 어깨를 툭툭 쳤다. 그 공감의 손길에 눈물이 찔끔 날 뻔했다. 똥통 작업 스트레스 때문에 변기 물을 아예 안 내리는 3기사가 있다고 들었는데 그래야 하나 싶었다.

심한 악취와 오물로 뒤범벅된 배관은 봐도 봐도 적응이 되지 않았다. 극혐이었다. 오만상을 찌푸린 채 뚫으면서 배 안에 공중 화장실처럼 '제발'이 들어간 문구를 붙여야겠고 생각했다.

제발 변기 물 좀 품격 있게 내려주세요!

배를 타기 전에는 사실 하루에도 몇 번씩 변기를 사용

하지만 거기에 대한 생각을 해본 적이 없었다. 직접 분뇨 처리 장치를 작업해보고 나서야 내가 버린 오물을 마지막으로 처리하는 사람이 있다는 걸 알게 됐고 그분이 있기에 편안하고 쾌적하게 화장실을 사용할 수 있다는 것도 깨달았다. 마음속으로 이 일을 업으로 삼고 계신 얼굴 모를 누군가에게 진심에서 우러나는 경의를 표했다. 리스펙트!

무늬만 선박 기관사,

사실은 잡부

───────── 배에서 자체적으로 해결하는 일에는 똥통 작업이라는 힘든 일도 있지만 배를 타지 않았다면 해보지 못했을 신기한 경험도 꽤 많다.

그중 용접과 선반이 있다. 용접은 우리가 익히 아는 그 용접이고, 선반은 선반 기계를 이용해 볼트를 만들거나 원기둥 모양으로 모재(母材)를 깎는 것을 말한다. 재미있는 점은 이걸 모두 학교에서 가르쳐준다는 것이다. 대부분 철 구조물로 된 배에서 용접은 필수이기 때문이다. 그렇다고 기관사가 전문 분야가 아닌 용접을 척척 해낼 수 있는 건 아니다. 그쪽으로는 아예 재능이 없었다. 학교에서 배울 때도 용접재에 손도 못 댈 실력이라 학점이 걱정될 정도였는데 다행인지 실제로 배에서는 조기장님이 용접을 전담한다.

선박 기관사가 되지 않았다면 해보지 못했을 신기한 경험 중 하이라이트는 엘리베이터 작업이다. 엘리베이터는 모두가 하루에도 여러 차례 이용하는 기기라서 안전이 생명이다. 다들 무심코 지나치지만 엘리베이터 내부 벽을 보면 '승강기 검사 합격 증명서'가 꼭 붙어 있다. 우리는 신경을 안 쓰지만 누군가 엘리베이터 안전 점검을 주기적으로 하고 있다는 뜻이다.

배에서 엘리베이터 점검은 3기사B 담당이다. 우리가 타는 엘리베이터 공간을 '엘리베이터 카'(Elevator Car)라고 하는데 점검자는 이 카 위에 올라탄 채로 직접 내려오면서 제대로 작동하는지, 카 외부에 문제 요소는 없는지 체크한다. 주변이 뻥 뚫린 상태로 높은 층을 오르내리는 작업은 무척 무섭다. 자본주의로 고소공포증을 극복하긴 했지만 라이트보다 훨씬 높은 곳인, 아파트로 치면 12층까지 엘리베이터 위에 올라타서 오르내리는 건 완전히 차원이 다르다.

하지만 극험인 똥통 작업도 해내는데 이것쯤이야. 아주 무서운 놀이기구를 탄다고 생각하기로 했다. 라이트 수리 작업이 그랬듯 이것도 하다보니까 점점 재미있어졌다. 이제는 혼자서 역할 놀이도 한다. 엘리베이터 카 위에 올라가 있으면 그간 봐왔던 영화 속 캐릭터들이 생각난다. 《매트릭스》의 키아누 리브스가 젊은 시절 여기서 폭탄범과 싸웠고(《스피드》), 톰 크루즈의 동료 스파이들이 여기서 정보를 빼내려 했고(《미션 임파서블》), 브루스 윌리스는 하얀 런닝이 새카맣게 변할 때까지 엘리베이터 통로를 날아다니며 혼자 그 많은 테러범들을 물리쳤고(《다이하드》), 액체 로봇 T-1000은 여기서 엘리베이터 카 안의 존 코너를 죽이려 했고(《터미네이터2》), 스파이더맨은… 아, 스파이더맨은 엘리베이터가 필요없지. 어쨌든 이런 식으로 재미를 붙이자 엘리베이터 카 위는 어느 새 안방극장처럼 흥미진진해졌다.

이런 경험을 통해 세상을 보는 시각이 많이 달라졌다. 휴가 때 관광지에서 통유리 엘리베이터를 탄 적이 있었는데 풍경을 감상하기보다는 이 엘리베이터를 점검했을 엔지니어를 생각했다. 자신의 첫 엘리베이터 작업이 머릿속을 스치면서 이렇게 훤히 다 보이는 초고층 엘리베이터를 점검하려면 진짜 무서웠겠다는 동병상련의 마음이 들었다.

육지에서라면 엘리베이터는 엘리베이터 기사가, 용접은 용접 기사가 하는 것이 당연하다. 엘리베이터 기사가 용접도 하고 발전기도 돌리고 변기 파이프도 뜯고 하지는 않는다. 거기서 오는 고충도 만만치 않지만 선박 기관사이기 때문에 사회 각 분야 일을 다양하게 경험해볼 수 있어 역시 이 직업을 선택하길 잘했다는 생각이 든다. 나중에 배를 타지 않더라도 먹고살 걱정은 없을 것 같아서 든든했다. 물론 전문적인 지식은 추가로 공부해야 하겠지만.

이름 : 소현
직업 : 선박 기관사 잡부
연락처 : 010-xxxx-xxxx
특징 : 전부 다 합니다

해적이 나타났다!

험상궂은 얼굴, 살벌한 흉터, 거친 몸놀림, 현란한 칼솜씨, 하얀 해골이 그려진 검은 깃발이 달린 해적선.

해적 하면 떠오르는 모습은 대개 무시무시하다. 책이나 영화 속 해적은 무법자답게 거친 바다를 두려워하지 않는다. 약탈도 수준급이라 그 어떤 배도 적수가 되지 못한다.

배를 탄다고 했을 때 부모님은 해적을 걱정하셨다. 다른 부모님은 딸이 밤늦은 퇴근길에 치한을 만나지 않을까 신경 쓰는데 소현의 부모님은 딸이 밤바다에서 해적을 만나지 않을까 노심초사했다. 먼 바다로 나가니 왠지 해적의 소굴로 딸을 들여보내는 기분이셨던 것 같다. 다행히 배가 해적이 자주 출몰하는 구간을 지나가지 않는다는 걸 확인하고 한시름 놓으셨다.

하지만 바다에 울타리가 있는 것도 아니고 해적이 언제 어디서 나타날지는 아무도 모르는 일이다. 그래서 항해 중에는 갑판 위 라이트를 켜지 않는다. 해적의 표적이 될 수 있기 때문이다. 입항을 했을 때나 라이트를 켠다.

다행히 이 정도만 신경 쓰면 대부분 안전하지만 해적 구간을 지나는 배는 위험할 수 있다. 밤에는 불빛이 절대 새어나가지 않도록 조심해야 한다. 마치 나치를 피해 다락방에 숨은 안네의 가족처럼 숨죽인 채 조용히, 아무도 없는 것처럼 어둠 속에서 움직여야 한다. 만약의 경우를 대비해 용병을 태우는 경우도 있다. 해적선의 공격을 받았을 때 싸워야 하기 때문이다. 그래서 '해적 수당'을 따로 주는 배도 있다. 생명 수당인 셈이다.

그런데 이 해적의 면면을 알고 보면 생각이 많아진다.

일단 그들을 과연 해적이라도 불러도 될지가 의문이다. 영화 《캐리비안의 해적》의 조니 뎁처럼 무섭지만 멋질 거라는 상상은 말 그대로 환상에 불과하다. 주로 못사는 나라 사람들이 한 푼이라도 뜯어내려고 덤비는 경우가 대부분이다 보니 장비부터 시원찮다. 변변한 무기는커녕 타고 나온 배조차 저런 걸 위험해서 어떻게 타고 나왔나 싶을 정도로 폐선 직전이다.

그 배를 타고 간신히 다니다가 여차여차해서 큰 상선을 발견했다 치자. 그들은 어서 노략질을 하고 싶겠으나 몸이, 아니 배가 따라주지 않는다. 어쩌다가 목표물을 발견해도 너무 느려서 따라잡질 못한다. 항해사들 말에 따르면 레이더망에 해적선이 잡혀도 당황하지 않는다고 한다. 어차피 배 엔진이 꺼져서 레이더망에서 알아서 사라지기 때문이다. 이쯤 되면 웃기다 못해 불쌍할 지경이다. "해적이 나타났다!!!" 영화에선 이 한 마디면 바로 아수라장이 되지만 그건 영화일 뿐, 현실에선 그저 선속을 조금 높여주기만 하면 문제가 해결된다. 해적들이 그 속도를 따라잡지 못해서 스스로 나가떨어지기 때문이다.

몇 년에 한 번씩 잊을 만하면 소말리아 해적에게 인질로 잡혔다는 뉴스가 나와서 사람들을 식겁하게 만든다. 2011년 소말리아 해상에서 해적들에게 피랍된 삼호 주얼리호 선원들을 대한민국의 청해부대가 구출한 '아덴만 여명 작전'은 악명 높은 해적의 민낯을 보여준 대표적인 사건이었다.

하지만 현실은 짠내 나는 해적이 훨씬 많다. 소소하게 돈 뜯어내고 물건 훔쳐가고. 기름은 물론 얼마나 없이 사는지 소화전에 붙어 있는 연결 호스까지 떼어간다고 한다. 그들 나라에선 그것도 돈이 된다고.

그런 해적들이 나타난다고 해도 목숨에 위협이 될 일은 거의 없어 보인다. 오히려 쫓아오다가 엔진이 꺼져서 바다에 빠지는 건 아닌지 신경을 써줘야 하나 고민이 될 만큼 안쓰럽다. 그런 해적들을 상대로 해적 수당이라는 이름의 돈을 추가로 받는 게 미안할 정도로 무늬만 해적이지만, 그래도 언제 어떻게 돌변할지는 아무도 알 수 없다. 세상에 조심해서 나쁠 건 없다. 자나 깨나 육지에선 밤길 조심, 바다에선 해적 조심.

망망대해에서도 아이돌은

끊을 수 없어

─────── 오늘은 정말 힘든 하루였다. 아침부터 상사에 게 야단을 맞았고, 담당 기기가 계속 속을 썩여 밥도 거른 채 휴식 시간에도 일해야 했다. 어제부터 살살 몸살 기운까 지 있어서 퇴근하면 눈 딱 감고 쉬고 싶었는데 퇴근 시간을 훌쩍 넘긴 초과 근무에 야간 당직까지 아직도 일정이 한참 남아 있었다. 개인 시간은 밤 10시 기관실 순찰을 나가기 전 까지 1시간뿐이었다.

이렇게 스트레스가 쏟아질 때면 단시간에 기분을 끌어 올리는 특효약을 애용한다. 바로 아이돌 영상을 보는 것이다. 요즘 푹 빠져 있는 '세븐틴'의 직캠을 볼 생각을 하니 기분이 훨씬 나아졌다. 간신히 잔업을 마치고 밤 9시가 다 된 시각 도서관으로 갔다. 컴퓨터에 연결된 외장하드에서 세븐틴 영상을 꺼내 개인 외장하드에 옮겼다. 전송 완료 메시지가 뜨자 심장이 콩닥거렸다.

외장하드를 소중히 품에 안고 얼른 방으로 올라갔다. 누가 부를까 봐 엘리베이터 버튼을 여러 번 눌러 얼른 문을 닫아버렸다. 방문을 닫고 책상 컴퓨터에 외장하드를 연결하는 손이 설렘으로 다급했다. 드디어 화면 가득 나타난 그들이 미소와 하트를 날리며 무대 위에서 노래하고 춤추자 아침부터 쌓인 스트레스가 단번에 날아갔다. 구름빵을 먹은 고양이처럼 하늘에 둥둥 떠오른 듯한 기분이었다.

배를 탄다고 했을 때 친구들은 불쌍하게 생각했다. 한 친구는 "으이구, 너 외로워서 어쩌냐"면서 잘생긴 외국 남자들이 가득한 달력을 챙겨주었다. 달력 속 움직이지 않는 외국 남자들보다는 녹화된 영상이라도 연예인이 나오니 그들에게로 눈이 돌아가는 건 당연했다. 사실 대학 입학하면서부터는 아이돌을 딱 끊었는데 이런 환경에 있으니 슬며시

옛 습관이 나왔다. 역시 휴덕은 있어도 탈덕은 없다는 말이 맞았다.

남자 선배들과 동료가 즐비한 배에서 외장하드에 세븐틴 직캠 영상을 신청하고 있는 자신을 발견하고 부끄러워지곤 한다. 참고로 배에선 TV 시청이 불가능하기 때문에 입항할 때 TV 프로그램을 외장하드로 담아 배로 보내준다. 보고 싶은 프로그램을 신청할 수도 있다. 하지만 온통 남자뿐인 배에 남자 아이돌 영상을 보는 사람이 소현 외에 있을 리가 만무했다. 외장하드로 영상이 올라오는 만큼 한 번에 올려주는 용량에도 제한이 있기 때문에 세븐틴 영상을 신청하면서도 괜히 눈치를 본다. 그래도 잠깐의 부끄러움만 참으면 그들을 만날 수 있기 때문에 두 눈 질끈 감고 태연한 척 신청한다.

고등학교 때는 '신화'의 전진에 빠져 살았다. 친구들 모두 엑소에 미쳐 있을 때 혼자 신화에 열광했다. 남들이 가지 않는 길을 가려는 것은 직업 선택에서나 덕질에서나 마찬가지였다. 전진 오빠의 노래를 들으며 힘겨운 수험 생활을 이겨냈는데…. 어느 날 그가 결혼했다는 소식을 들었다. 배 위에서 한창 기기 수리에 열을 올리고 있을 때였다.

소현아, 너네 오빠 갔다.

친구들이 모두 연락을 하는 바람에 그날 하루 쉴 새 없이 카톡이 울려댔다. 얼마나 티를 내고 다녔으면 전진의 결혼 소식에 바로 자신을 떠올리고 이렇게 연락을 해줄까 싶어 웃음이 나왔다.

그런데 퇴근하고 방에 올라와 잔업을 마치고 사방이 깜깜해지자 갑자기 마음이 너무 이상해졌다. 그 싱숭생숭한 기분이 이후로도 꽤 오래가서 놀랐다. 예전 남자친구가 결혼한 것도 아닌데 왜 이렇게 기분이 별로지. 괜한 무기력감에 우울해졌다.

그러다가 우연히 외장하드에 들어 있던 동상이몽 예능 프로그램을 보았다. 거기에 전진이 아내와 함께 출연한다는 정보를 접한 터라 호기심에 틀어봤다. 맥주 한 캔과 안주를 준비해놓고 작정하고 틀었는데 얼마 못 보고 꺼버리고 말았다. 그 감정을 뭐라고 설명해야 할지 모르겠다. 질투라기보다는 그 시절 전부였던 사람이 이제는 다른 여자의 남편이 되어 TV 부부 프로그램에 나온다는 게 너무 이상했다. 실로 오랜만에 전진에게 열광하던 18살 소녀로 돌아가 그리운 그 시절을 홀로 추억했다.

학창 시절은 어김없이 지나가고 나이는 들어가지만 다행히 아이돌은 끊임없이 나와서 우리의 허한 마음을 채워준다. 이 나이에 주책이라고 생각하면서도 삶이 힘들 땐 또 이만한 게 없다. 인생은 늘 어렵고, 따라서 덕질은 계속될 것이다.

4

바다,

그 심연

속으로

스트레스받지 않는

비결

──────── 배를 타면서 육지에서는 몰랐던 것들을 정말 많이 보고 듣고 또 배웠다. 생소한 환경에서 살면서 청소 같은 습관부터 미래 계획까지 크고 작은 변화들이 생겼다. 배를 탄 후 사람이 환경에 얼마나 빨리 적응하는지 몸소 체험하고 있다. 바다 위에 떠다니는 작은 도시 같은 배 안에서 의식주를 해결하며 출퇴근하면서 점점 몸이 배의 사이클에 맞춰졌다.

군대에 다녀온 남자들이 자주 하는 말이 있다. 군대에 가면 규칙적인 생활을 하느라 몸이 저절로 건강해진다고.

실제로 기계처럼 돌아가는 생활 속에서 규칙적으로 생활하니 오히려 육지에서보다 더 건강해지는 느낌을 받는다. 또 배 안의 공기가 워낙 탁해 청소나 정리도 더 부지런히 하게 된다.

배 안에는 또래가 별로 없다. 배를 탈 때마다 조금씩 바뀌긴 하지만 아빠 연배의 아저씨들이 훨씬 많은 편이다. 배 안에 속마음 터놓고 얘기할 상대가 한 명만 있어도 버틸 수 있다는 얘기를 많이들 하는데 현실은 그렇지 못하다. 6개월 넘게 한정된 공간에서 직장 상사와 24시간 붙어 지내야 하는 건 생각보다 훨씬 더 정신이 피폐해지는 일이다. 혹시라도 배 안에 자기와 맞지 않거나 자기를 못마땅하게 생각하는 사람이 있다면 배는 직장이 아니라 지옥으로 변한다. 내릴 수도 없고 출근을 안 할 수도 없으니까.

꼭 그런 문제가 있지 않더라도 직장에서 쌓인 스트레스를 풀 상대를 일로 얽인 사람 중에서 찾기란 거의 불가능에 가깝다. 떨어져 있는 가족에게는 걱정할까 봐 말할 수 없고, 잘 만나지도 못하는 친구들에게 매번 카톡으로 힘들다는 이야기만 털어놓는 것도 부담이다. 건너 들은 얘기로는 배 안의 불편한 인간관계를 견디지 못해 어렵게 들어온 직장을 그만두거나 심지어 자살한 사람도 있다고 한다. 정말 안타까운 일이다.

빅터 프랭클은 『죽음의 수용소에서』(청아출판사, 2020)라는 책에서 나치 아우슈비츠 강제 수용소에서의 생활을 기술했다. 인간으로서의 존엄성을 완전히 말살당한 채 배고픔과 강제 노동에 시달리면서도 그는 자신이 인간이라는 것을 한순간도 잊지 않으려고 노력했다. 시궁창 오물을 뒤집어쓴 채 먹지도 씻지도 자지도 못하던 어느 날, 수용소 밖 하늘을 온통 핏빛으로 물들인 노을을 보면서 그는 '아름다움'을 느꼈다고 한다. 그러면서 살아야겠다고 결심했다고.

나는 살아 있는 인간 실험실이자 시험장이었던 강제 수용소를 네 곳이나 전전했다. 거기서 어떤 사람은 성자처럼 행동할 때 또 다른 사람은 돼지처럼 행동하는 것을 보았다. 사람은 내면에 두 개의 잠재력을 모두 가지고 있는데, 그중 어떤 것을 취하느냐 하는 문제는 전적으로 그 사람의 의지에 달려 있음을 알게 됐다.

아우슈비츠 강제 수용소와 배를 비교하는 건 아니지만 극단적인 선택을 한 누군가에겐 그렇게 느껴졌을 수도 있었을 것이다. 배라는 한정된 공간에 갇혀 지내려면 스스로 바꿀 수 없는 부분에 스트레스를 받지 않기 위해 애를 많이 써야 한다. 누구도 배를 타라고 등 떠민 사람은 없었고, 배에는 육지에서 생각할 수 없는 불편함이 있음을 알고 승선했다. 이론과 현실은 늘 다른 법이지만 그래도 아직은 이 현실이 버거웠다.

하지만 주어진 환경과 상황을 탓한다고 달라지는 건 없다. 어차피 이 일을 그만둘 게 아니라면 어떻게든 적응하는 건 자기 몫이다. 분노하고 실망하고 원망하며 시간을 보내면 거기에 쏟아부은 감정과 에너지만 아까울 뿐이다. 그럴 시간에 오히려 스스로 바꿀 수 있는 부분에 집중하는 것이 훨씬 효율적이다.

승선 첫 1년 동안 무수한 고뇌와 몸부림 끝에 소중한 깨달음을 얻었다. 이미 주어진 환경을 인정하고 빨리 받아들여야 앞으로 나아갈 수 있다는 것. 이걸 깨닫고 나니 그 뒤부터는 주변 환경이 어떻다든가, 남이 어떤 상처를 준다

해도 별로 신경이 쓰이지 않았다.

빅터 프랭클은 강제 수용소라는 극한의 환경 속에서 매일 아침마다 자신의 몸을 가꾸었다고 한다. 이를 닦을 수도 없고 손을 씻을 물도 없었지만 몇 달 내내 감지 못한 머리라도 손가락으로 곱게 빗으면서 하루를 시작했다고 한다.

상황을 바꿀 수 없다면 받아들여야 한다. 피할 수 없다면 즐겨라. 이 비법 역시 배를 타지 않았다면 몰랐을 것, 바다가 선사한 선물이다.

바다에서도 코로나는

피할 수 없다

———— 코로나로 전 세계가 몸살을 앓은 지 벌써 2년이 지났다. '우한 폐렴'이라는 생소한 이름으로 한국에 첫 환자가 발생했다는 뉴스를 접했을 때만 해도 이렇게 오래갈 줄은 예상하지 못했다. 소현은 코로나가 퍼지기 시작한 직후인 2020년 4월 첫 승선을 했다. 코로나가 터진 지 얼마 되지 않은 때라 심각성을 잘 인지하지 못했다. 이전에도 신종 플루나 메르스 같은 바이러스가 나타났다 사라졌기 때문에 승선을 마치고 휴가를 나올 때쯤이면 코로나가 끝나 있을 줄 알았다.

육지를 휩쓴 코로나는 선원들에게도 예외일 수 없었다. 직격탄은 상륙을 나가지 못하게 됐다는 것이다. 지금 타는 배는 주기적으로 2주에 한 번씩 한국과 호주에 입항하는데 그때마다 배에서 내려 육지 바람을 쐬고 오는 게 긴 승선 생활의 낙이었다. 그런데 코로나 때문에 상륙이 금지됐다. 입항 때마다 나가던 호주 땅은 이제 배 위에서 바라만 봐야 하는 그림의 떡이 됐다.

그런데 배라는 공간이 선원들에게 뜻밖의 편리함을 제공했다. 바로 마스크와 거리두기에서 자유롭다는 것이다. 승선 생활이 힘든 이유 중 가장 많은 사람이 공감하는 부분은 육지와 단절되어 있다는 것이다. 좋게 말하면 고립이고, 동료들끼리는 우스갯소리로 갇혀 있다고 표현할 정도로 이 단절은 정신적으로 굉장히 이겨내기 힘들다. 그런데 회사를 그만둘 정도의 단점이었던 '단절'이 코로나가 유행하면서 갑자기 장점으로 급부상했다. 거리두기 단계와 상관없이 육지와 자연스럽게 거리를 둘 수 있는 직업이기 때문이다.

선원들은 승선하기 이틀 전 코로나 검사를 받고 음성을 확인한 다음 배에 탄다. 그 상태로 승선 기간 내내 누군가 내리거나 새로운 사람이 탑승하지 않고 지내기 때문에 배 안은 코로나가 없는 청정지역이라고 할 수 있다. 덕분에 일하면서 마스크를 쓰지 않는다. 입항할 때만 하역작업을 하는 외부인이 승선하기 때문에 마스크를 착용한다. 사적 모임 제한도 배에선 적용되지 않는다. 다 같이 식사하고, 야식 먹고, 땀 뻘뻘 흘리며 운동하고, 노래방(배에도 노래방이 있다)도 편하게 다닌다. 육지에서는 눈 감았다 뜨면 확진자가 늘어난다는 뉴스가 끊이지 않고 코로나로 생활 패턴 자체가 바뀌어 가지만 소버린호라는 외딴섬에서는 코로나 이전의 일상이 지속되고 있다.

이렇게 코로나를 잊고 지내다가 하선할 때가 되면 다시 코로나 모드로 바뀐다. 코로나 시국에 외국을 다녀오면 자가격리 기간을 2주 거쳐야 한다. 하지만 선박의 특성상 배 안에서는 무균 상태를 유지하는 게 가능하기 때문에 2주 이상 항해하고 한국항으로 들어오는 선박의 선원들은 내릴 때 코로나 검사만 받고 자가격리는 따로 하지 않는다. 배를 탄 2주의 기간을 자가격리로 치기 때문이다. 코로나 검사만 마치면 바로 휴가다!

반면 외국항에서 선원 교대가 이루어지는 경우는 불편이 이만저만이 아니다. 무조건 2주는 자가격리를 해야 하기 때문이다. 무엇보다 코로나 시국이라 교대가 원활하지 않은 게 가장 큰 문제다. 때문에 1년 이상 휴가를 못 가는 불상사가 생기기도 한다.

코로나를 잘 느끼지 못하고 살다가 처음 한국에 내렸을 때는 아예 다른 세상에 온 느낌이었다. 잠깐 편의점 다녀올 때도 마스크는 필수고, 거의 1년 만에 내린 한국에서 밤새워 맘껏 놀기는커녕 10시만 되면 집에 가야 했다. 친구들도 여러 명이서 만날 수 없었고 카페에서 맘 놓고 수다도 못 떨고… 친구들은 당연한 듯 어디 들어갈 때마다 QR코드를 찍고 병원도 아닌데 체온 측정을 하며 코로나에 익숙한 세상을 살고 있었지만 소현은 모든 게 낯설기만 했다. '코로나가 이 정도로 우리 생활 속 깊숙이 침투했구나'라는 생각이 들면서 검댕투성이 기관실이 괜히 고맙고 깨끗하게 느껴졌다.

그런데 다른 상선에서 코로나 확진자가 나오면서 배 위의 생활도 180도 달라졌다. 루트는 정확지 않지만 아마도 입항 때 드나들던 누군가로부터 옮은 게 아닌가 추정된다고 들었다. 그 사건으로 선박 내 방역 수칙이 전면 개정되어 이제는 배 안에서도 무조건 마스크를 착용해야 한다.

마스크를 쓰지 않아도 땀이 뻘뻘 나는 후덥지근한 기관실에서 마스크를 쓰고 일하는 건 정말 고역이다. 하루 두 번씩 발열 체크도 한다. 육지와 다른 점은 식사할 때 굳이 거리두기는 하지 않는다는 것 정도가 되겠다.

알아서 바다 위에 자가격리 된 선박까지 코로나가 침투했다면 지구상에 코로나를 피할 수 있는 곳은 없다고 보아도 무방할 것이다. 전 세계가 '위드 코로나'로 향해가고 있으니 이제는 바이러스와 공존하는 방법을 생각할 때이지만, 더운 기관실에서 마스크를 쓰고 일하는 건 아무리 노력해도 쉽게 적응되지 않을 것 같다.

진정한

뱃사람이 되려면

〰〰〰
〰〰〰
〰〰〰

──────── 배를 탄다고 하면 어부로 오해를 많이 받는다. 사람들이 가장 자주 묻는 질문은 "고기 잡아요?"이다. 희소 직종에 종사하는 사람의 비애라면 비애다. '저는 어부가 아닙니다'라고 이마에 써 붙이고 다닐 수도 없고. 매번 설명을 하려니 지치기도 한다. 선박 기관사도 선원, 더 적나라하게는 '뱃사람'이라고 통칭되는 직업에 들어간다. 그리고 '뱃사람=어부'로 생각하는 사람들이 꽤 많다는 것도 이 일을 하면서 알게 됐다.

소위 뱃사람이라고 하면 떠올리는 이미지가 있다. 커다

란 물고기를 잡아서 바로 회쳐 먹고 물개처럼 헤엄도 잘 칠 거라고. 하지만 실제로 고기를 잡는 게 업인 어부도 그렇게 하지는 않는다. 고기잡이 통통배를 몰고 그물을 자유자재로 다루고 가끔 잡은 물고기나 해산물을 넣은 라면을 끓여먹기야 하겠지만.

우리가 갖고 있는 이미지는 대부분 영화를 통해 전달된 게 많다. 뱃사람 하면 떠올리는 인상도 마찬가지다. 바닷바람에 거칠어진 피부, 작열하는 태양에 그을린 얼굴, 파이프를 물고 말술을 퍼마시며 거친 파도에 대적하는 술고래 등의 이미지로 고착돼 있다. 쓰다 보니 비슷한 면이 있는 것도 같다. 바닷바람을 많이 맞으면 아무리 선크림을 열심히 발라도 까맣게 탄다. 배 위에서는 여가를 사용할 수 있는 방법이 제한적이다 보니 아무래도 술을 마시는 경우가 잦다.

배 안 매점을 '본드'라고 하는데 본드에서는 맥주가 면세다. 카스 355ml 한 캔이 500원, 하이네켄은 700원으로 상상을 초월할 만큼 저렴하다. 양주와 담배도 면세로 구입할 수 있는데 특히 담배는 비행기 면세보다도 싸다. 그래서 육지에서 편의점에 들러 아이스크림 하나 사는 개념으로 술을

사 먹게 된다. 안타까운 것은 맥주의 하루 최대 구입 가능 개수가 2개라는 점이다. 뱃사람 하면 술고래 이미지인데 사실은 규정 때문에 하루에 맥주 두 캔밖에 못 마신다.

나이 지긋하신 부원 아저씨들은 두 캔뿐인 맥주나마 매일 마신다. 대학 때 우스갯소리로 배를 타려면 가장 필요한 게 술 마시는 능력이라고 들었는데 아마 이 때문일 것이다. 담배도 저렴해 나이 지긋한 선원들은 삼삼오오 모여 담배를 피운다. 이런 모습은 소현이 봐도 정말 뱃사람 같다. 물론 소현은 고기는커녕 낚싯대 한번 잡아본 적 없고 담배도 피우지 않는다. 그 두 가지를 못해도 선원이 되는 덴 전혀 문제가 없다.

하지만 배를 타면서 그런 일반적인 이미지를 떠나 진정한 뱃사람에 대해 진지하게 생각해보게 되었다. 뱃사람이 거친 일을 한다는 이미지가 박힌 건 바다라는 환경이 주는 특수성 때문이다. 꼭 태풍이 몰아치는 성난 바다까지 가지 않아도 배 안 작업 환경은 매우 위험한 편이다. 대부분 철 구조물로 이루어진 배를 바삐 다니다 보면 부딪히기 일쑤여서 다리에 멍이 가실 날이 없다. 파랗다가 노랗다가 거

무스름해지는 팔다리를 보고 있노라면 슬퍼진다. 또 기관실은 고소, 밀폐, 고온, 저온 등 각종 유해 환경에 노출될 수밖에 없기 때문에 위험한 상황이 자주 발생한다. 최대한 안전하게 작업하기 위해 장비를 착용하고 점검도 수시로 하지만 그래도 위험한 건 사실이다.

또 한번 바다에 나가면 쉽게 집에 돌아오지 못한다. 극단적인 예를 들면 육지에서 부모님이 돌아가셔도 당장 집에 갈 수가 없다. 실제로 어떤 해운회사 면접관이 관련 질문을 했다고 들었다.

"승선 중 부모님의 부고를 듣는다면 하선할 건가요?"

사실 너무나 비인간적인 질문이지만 직업의 특성상 확인하고 넘어갈 수밖에 없는 부분이다. 그래서 이 직업은 슬프다. 정말로 이런 일이 생기면 최대한 빨리 입항하는 항구에 당사자를 하선시켜주긴 한다. 하지만 부고를 들은 즉시 헬기를 띄워 날아갈 수 있는 게 아니기 때문에 그 괴로움은 피할 수 없다.

선박은 개인 요트나 택시가 아니다. 사정이 딱한 건 알지만 개인사 때문에 항로를 변경하거나 일정을 바꾸는 건 불가능하다. 만약 배가 바다 한가운데에 있다면 입항할 때까지 아무리 빨라도 며칠이 소요될 수밖에 없을 테고 따라서 육지에서는 하릴없이 장례식을 미루거나 잘못하면 부모님 가시는 길을 함께할 수 없는 상황도 벌어진다.

회사에 입사할 때 '재산 수령권자 지정서'라는 서류를 작성했다. 말 그대로 일하다 죽으면 누가 급여를 받을지 쓰는 것이다. 이 질문은 참 난감하다. 부모님에게 "내가 혹시 일하다가 죽으면 두 분 중 누가 급여를 받으시겠어요?"라고 물어보기도 민망해 한참을 고민했던 기억이 난다. 그 서류를 제출하면서 '정말 위험한 일을 하긴 하는구나'라는 생각에 씁쓸했다.

그런 면에서 진정한 뱃사람은 극한의 상황에서도 침착할 수 있는 사람이다. 인생에 내 힘으로 어찌할 수 없는 큰 파도가 불어닥쳐도 좌절하지 않고 뚫고 지나갈 수 있을 만큼 내면이 단단한 사람, 그것이 진정한 뱃사람의 모습이 아닐까.

적도를 지나며

우리가 살면서 배를 타고 적도를 지나는 경우가 몇 번이나 될까?

소현은 2주에 한 번씩 적도를 지난다. 호주에서 LNG를 싣고 와 한국에 내려놓는 배를 타는데 한국에서 호주까지 약 2주가 소요된다.

배 안의 계절은 여름에서 정지된다. 방 온도는 에어컨을 틀어 23도 정도로 유지되고 기관실은 40도 정도다. 바깥 온도는 어느 지역을 지나느냐에 따라 달라지는데 적도를 지날 때면 정말 뜨겁다. 지도에서 적도 주변국들을 보면 얼마나 뜨거운지 짐작할 수 있다.

요즘은 거의 사라져 볼 수 없는 광경이지만 적도를 통과할 때 바다에 제사를 지내는 선장들이 있다. 이것이 '적도제'라 불리는 아주 특별한 제사다. 역사적으로는 17세기경 배가 위험한 해역을 지날 때 해신에게 무사 항해를 빌던 풍습에서 기원했다고 한다. 'Neptune's revel'이라는 영어 명칭이 따로 있을 정도로 뱃사람들 사이에선 오랫동안 전해오는 미신 같은 것이다.

제사상을 적도에서 차리는 이유는 적도가 바람이 불지 않는 무풍지대이기 때문이다. 바람이 있어야만 항해가 가능했던 옛날에는 배가 적도의 무풍지대에 들어서면 그대로 멈춰버렸다. 배를 밀어주는 바람이나 해류의 도움 없이 자력으로는 도저히 빠져나올 수가 없었다. 그 덥고 습한 곳에서 바다가 배를 밀어주기만을 하염없이 기다려야 했다. 적도를 맴돌다 오랫동안 빠져나가지 못해 굶어 죽는 경우도 비일비재했다고 한다. 그러니 바다에 제사를 지내서라도 그곳을 빨리 지나가길 바랐을 것이다.

회사 실습 때 적도제를 본 적이 있다. 직접 참여하진 못했지만 전해들은 말로는 다음과 같다. 선교에 소박한 제사상을 차리고 가운데 돼지머리를 놓는다. 돼지머리는 한국 입항 때 선장이 일부러 부탁해 챙겨놓은 것이다. 선원들은 다같이 모여 절을 올리고 축문을 읽었다. 선박의 무사 항해와 선원들의 안전한 귀가를 기원하는 내용이었다. 축문을 다 읽은 다음 선임들은 돼지 콧구멍에 돈을 꽂아 넣었다. 간단한 제사를 마치고 음식을 나눠 먹는다.

바람과 해류에만 의지해 항해하던 시절은 까마득한 옛이야기가 됐지만 그래도 적도제는 끊이지 않고 명맥을 유지하고 있다. 바다처럼 예측할 수 없는 환경에서 일하다 보면 초현실적인 존재에 기대고 싶은 마음이 절로 들기 때문일 것이다. 급할 때는 무신론자조차 하느님, 부처님, 천지신명, 알라까지 외쳐대는 게 인간이니까, 용이든 해신이든 안전만 지켜준다면 뭐라도 바치고 싶은 심정일 것이다. 바다는 인간이 정복하지 못한 미지의 세계이자 경외의 대상이기때문에 아무 걱정 없이 적도를 지나다니는 21세기라도 불안한 마음을 완전히 잠재울 수는 없을 것이다.

적도제의 영어 명칭에 쓰이는 'revel'에는 일반적인 축제보다는 흥청거리며 논다는 의미가 훨씬 강하게 담겨 있다. 끝장 볼 때까지 놀겠다는 느낌으로 이해하면 맞다. 제사를 지내고 음식을 나눠 먹으면서 기분을 전환하고 다시 힘을 내자는 뜻이라고 한다. 한국해양대 해사대학의 축제 이름도 한동안 '적도제'였다. 지금은 명칭이 바뀌었지만 군대식 대학 생활 중 마음껏 마시고 놀며 조금은 숨통이 트이던 축제의 성격을 생각하면 참 잘 지은 이름이라는 생각이 든다. 축제 이름에 이런 의미가 있었다니 적도제가 더욱 의미 있게 다가왔다.

적도제를 지내지 않아도 잔잔한 적도를 지날 때면 갑판 위로 올라가 바다를 내려다본다. 무풍지대답게 바다는 비현실적으로 잔잔하다. 눈을 감고 바닷속을 상상해보았다. 수많은 뱃사람이 이곳에 발이 묶였다가 결국은 저 아래로 사라져 갔겠지. 수백 년이 지난 후 같은 일을 하고 있는 뱃사람으로서 그들의 영혼이 느껴지는 듯했다. 어쩌면 그 사람들은 죽은 게 아닐지도 모른다. 옛 이야기에 심청이를 살려 보낼 정도로 자애로운 용왕님의 배려로 용궁 안에서 잘 살고 있을지도. 그들이 낙원에서 더 이상 걱정 없이 행복하게 잘 살기를 마음속으로 빌었다.

　문득 첨벙 하는 소리에 먼 바다 쪽으로 눈을 돌렸다. 뭔가 바다 밑에서 올라왔다 내려간 것 같았다. 용왕이 '내가 잘 데리고 있다'라고 알려주려는 것처럼 거대한 꼬리를 물 위로 휘두른 듯한 착각이 들었다.

미치도록 그리운

스타벅스 커피

———————— "배에서 내리면 뭐가 제일 먹고 싶어요?"

배 안에서 선원들끼리 담소를 나눌 때면 으레 나오는 단골 질문이다. 대부분 대답은 비슷하다. 회나 곱창처럼 배에서는 잘 먹지 못하는 육지 음식들이 나온다. 하지만 소현의 대답은 좀 달랐다.

"저는 아이스 아메리카노요! 그 스타벅스에서 플라스틱 컵에 나오는 얼음 달그락거리는 소리 나는 거 있잖아요. 그게 제일 먹고 싶어요."

그러면 다들 뭔지 알 것 같다는 표정으로 말한다.

"뭔가 씁쓸한 대답이네…."

10개월이 넘는 승선을 마치고 인천항에 내리면 가장 먼저 스타벅스로 달려간다. 커피숍 메뉴판이래봤자 뻔한데 거기 적힌 커피 종류를 한 글자씩 음미하며 읽는다. 아메리카노, 카페라테, 바닐라라테, 돌체라테, 프라푸치노…… 이렇게 하나씩 속으로 훑은 다음 계산대 직원에게 우아하게 말한다.

"아이스 아메리카노 한 잔이요."

아! 쾌감이 느껴진다! 이 말을 얼마나 하고 싶었던가! 주위에 사람만 없으면 열 번이고 스무 번이고 큰 소리로 외치고 싶었다.

배에서도 하루 세끼는 잘 먹고 있지만 커피까지 제공되진 않는다. 배 안에는 카페가 없다. 우리나라에서 가장 많이 창업하는 아이템 1위가 카페라고 할 정도로 육지에선 블

록마다 커피숍이 하나씩 있다. 집 근처에서도 1년에 새로 생기는 카페가 여러 군데다. 기존에 있던 가게가 빠지는 자리에는 거의 카페가 들어오는 경우가 많다. 그 많은 카페가 다 장사가 되는 게 신기할 정도다. 장사가 되니까 들어오겠지. 한국인의 커피 사랑은 참 대단하다.

하지만 바다에 나가 있으니 그 대열에 합류하기가 어렵다. 휴게실에 구비된 일회용 커피 혹은 커피 머신을 가져온 동료의 커피로 아쉬움을 달래보지만 아무리 유명한 커피스틱이나 커피 머신에서 내린 커피라도 스타벅스 커피가 선사하는 색다른 2%를 커버해주진 못한다.

테이크아웃한 플라스틱 컵에 든 아이스 아메리카노는 배 안에선 거의 상상 속 엘도라도 수준이다. 육지의 스타벅스가 미치도록 그리운 날이면 커피 향 진하게 풍기는 아메리카노가 담긴 컵 안에서 얼음이 달그락거리는 소리가 환청처럼 귀에 들려온다. 인간은 어떻게든 환경에 적응하게 돼있다는데 카페의 아이스 아메리카노만큼은 아무리 해도 극복이 되지 않는다.

사실 육지에선 오히려 카페에 자주 드나들지 않았다. 남들처럼 어쩌다가 기분 전환 삼아 들르는 정도였다. 사람은 공기처럼 늘 곁에 있는 것의 소중함을 모르고 지나치다가 그것이 없어진 후에야 가치를 깨닫는다. 배를 타기 전에는 친구들이 카페에서 만나자고 하면 "또?"라고 할 정도로 카페는 특별한 곳이 아니었다. 하지만 망망대해 한가운데서는 그 시간이 눈물 날 정도로 그리웠다.

카페 한구석 소파에 자리 잡고 앉아 각자 취향별로 시킨 커피를 하나씩 입에 물고 깔깔거리며 수다 떨던 때로 돌아가고 싶었다. 테라스에서 바라보던, 별 새로울 것도 없었던 길거리 풍경이 머릿속을 가득 채웠다. 반쯤 남은 커피에 물을 채워 테이크 아웃해서 돌아다니던 그 시간을 다시 마시고 싶었다. 스타벅스 커피가 그립다기보다는 스타벅스 커피로 대변되는 당연했던 일상으로 돌아가고 싶은 마음이었다.

재미있는 건 한 달간의 휴가를 받고 육지로 올라온 지 일주일이 지나면 그 간절함이 반으로 줄어든다는 사실이다. 매일 두세 번씩 들르던 카페는 한 번만 가도 만족스럽고 어떤 날은 건너뛰기도 한다. 그러다가 휴가가 끝나가고 승선 날짜가 다가오면 다시 미친 듯이 들른다. 마치 일 년 치 커피를 미리 마시기라도 할 것처럼. 열심히 일해서 번 돈을 스타벅스에 갖다 바치는 기분이 들긴 하지만 1년에 한 달만 마음껏 마실 수 있는 커피다 보니 아깝지 않다.

커피는 악마처럼 검고 사랑처럼 달콤하다는 말이 있다. 악마 같든 천사 같든 배 속이 찰랑거릴 정도로 커피를 들이붓고 승선해도 첫날엔 괴롭다. 스타벅스에 가려면 또다시 6개월 이상을 기다려야 한다는 생각 때문이다. 그날만큼은 가족도 친구도 아닌 스타벅스에 앉아서 마시던 달그락거리는 아이스 아메리카노가 제일 보고 싶다.

인종차별도

막지 못한 기쁨

—————— 캥거루와 코알라의 섬, 천혜의 자연환경, 서퍼들의 파라다이스, 미세먼지가 0인 나라.

호주하면 딱 떠오르는 이미지는 '여행 가고 싶은 나라'다. 소현은 학창 시절 내내 해외여행을 가본 적이 없었다. 고등학교 때는 대학 입시 공부하느라, 대학 때는 해양대의 엄격한 룰에 적응하느라 여행을 자주 다닌다는 시기를 놓쳤다. 그 점이 많이 아쉬웠는데 뜻밖에도 배를 타면서 여행자들의 천국인 호주에 가보는 행운을 누렸다.

지금은 코로나 때문에 호주 상륙이 불가능해졌지만 코로나가 있기 전에는 호주 상륙을 세 번 정도 나갔다. 여기서 상륙이란 선박이 항구에 입항한 뒤 잠깐 항구 밖으로 마실 나갔다 오는 것을 말한다.

처음 배를 탄 사람이라면 3개월 동안은 상륙을 안 나가는 게 불문율이다. 그래서 2주에 한 번씩 입항해도 배 안에서 땅을 쳐다만 보지 흙을 밟지는 못한다. 그래도 새파란 바다만 보다가 만나는 육지는 정말 반갑다. 사실 선원이 2주마다 육지를 보는 건 굉장히 자주 보는 편이기 때문에 보는 것만으로도 감사하다.

승선한 지 3개월 좀 지나고 마침내 상륙을 나가던 날이었다. 3개월 내내 바라만 보던 육지를 직접 밟으니 너무 감격스러웠다. 그때 기항했던 항구는 호주의 글래드스턴항인데 그 흔한 스타벅스도 없을 만큼 시골이다. 하지만 상관없었다. 시골 아니라 무인도라도 땅을 밟는다는 사실만으로도 너무나 행복했다. 파란색만 보다가 초록색 풀이 나오니 눈이 적응을 못하는 기분이었는데 그것도 재미있었다.

위낙 촌이라서 있는 거라곤 식당과 마트 정도뿐이었다. 그래도 같은 마트, 같은 식당이라도 여기는 호주였다. 영어로 쓰인 간판과 이국적인 거리가 마냥 신기했다. 호주 거리를 좀 걸어보고 싶어 마을 안쪽으로 들어갔다. 그런데 뒤에서 갑자기 클랙슨 소리가 들렸다. 돌아보니 저만치 뒤에서 차 한 대가 다가오고 있었다. 길이 좁아 위험할까 봐 울렸나 싶어 풀밭으로 바싹 몸을 붙였다. 그런데 옆에서 속도를 줄이더니 갑자기 차창이 내려갔다. 영어로 말을 시키려나 싶어 긴장하는데 웬걸, 한 백인 남자가 안에서 가운데 손가락을 들어 보이는 게 아닌가!

지금 나한테 욕한 거야?

미처 상황 파악을 하기도 전에 그 남자는 킬킬거리는 웃음과 함께 붕 하고 출발했다. 호주의 백호주의가 심하다고는 들었지만 이 시골 바닥에서 처음 만난 호주인에게 손가락 욕을 먹을 줄은 몰랐다. 보통 외국에 도착해 첫 인상이 안 좋으면 여행할 맛이 싹 사라진다. 그런데 이 상황조차 신기했다. 처음 보는 호주인도 신기했고, 자기한테 말 붙인 것도 신기했고, 그냥 다 신기했다.

이게 말로만 듣던 인종차별이란 거구나.

그 이후엔 호주에 상륙을 나가도 클랙슨이 울리면 절대 돌아보지 않지만. 코로나 때문에 입항해도 배 안에 발이 묶인 요즘은 욕을 먹어도 상륙 나가던 그때가 좋았다는 생각이 든다. 비록 처음 보는 외국인에게 면전에서 욕을 먹긴 했지만 식당에서 맛있게 밥 먹고 마사지숍에 들어가서 발마사지도 시원하게 받고 나왔다.

나중에 들은 말인데 부원 아저씨 한 분은 호주 상륙 나갔다가 호주 고등학생에게 담배를 삥 뜯겼다고 한다. 호주의 담배값은 아주 비싸기로도 유명한데 그 못된 호주 고삐리에게 친절하게 불까지 붙여주고 오셨다고 한다. 인종차별 당하고도 할 거 다 하고 온 소현이나, 담배 삥 뜯기고 불 붙여주고 온 아저씨나, 오랜만에 밟은 육지에서 괜히 화내고 싶지 않은 기분 아니었을까. 그만큼 소중해서가 아니었을까.

태평양의 밤하늘

———— 탑 브릿지에 올라가 돗자리를 폈다. 탑 브릿지는 아파트로 치면 옥상이다. 시계바늘은 밤 10시를 지나고 있었다. 오늘은 당직이 아니고 서류 작업도 일찍 마무리돼 마음이 여유로웠다. 대부분 시간이 나면 모자란 잠을 보충하느라 정신이 없지만 오늘만큼은 밤하늘을 감상하면서 생각에 잠기고 싶었다.

배를 타고 나서 한동안 너무 바빴다. 예전엔 틈틈이 개인 시간을 내서 운동과 독서를 할 수 있었는데 직급이 3기사B에서 3기사A로 바뀌면서 새로 맡은 업무와 기기를 공부하느라 잠시도 틈을 낼 수가 없었다. 잠을 조금 덜 자더라도 복잡한 머리도 식힐 겸 혼자만의 시간이 절실했다.

제대로 쉬어보리라 작정하고 굳이 배의 맨 꼭대기로 올라가 돗자리까지 펴고 눕는 수고를 감수했다. 이렇게 누워야 밤하늘을 온전히 감상할 수 있기 때문이다. 하늘과 가장 가까운 곳에서 다리를 쭉 펴고 누운 순간 소현의 입에선 작은 탄식이 흘러나왔다.

아…

그 한 마디를 끝으로 아무 말도 할 수 없었다. 오랜만에 다시 바라보는 태평양의 밤하늘은 여전히 신비로웠다. 육지에선 한두 개 보일까 말까 한 별이 하늘을 빈틈없이 꽉 채우고 있었다. 누워서 그 모습을 바라보는 기분은 말로 형용하기 어려웠다. 누워 있으니 온 사방이 오직 별, 별, 별이었다. 우주 한가운데 혼자 둥둥 떠 있는 느낌이었다. 문득 오싹 소름이 끼치며 무서워졌다. 하지만 밤하늘은 그런 두려움조차 경이감으로 바꾸어놓았다. 오감이 전부 시각으로 집중되어 자기가 내쉬는 숨소리도 들리지 않았다.

별들은 마치 소현을 기다리고 있던 것처럼 빛의 향연을 펼쳐 보이기 시작했다. 꼬리에 꼬리를 물고 하나씩 툭, 툭, 떨어져 내렸다. 별똥별이었다. 평생 한 번 보기도 어려운 별똥별을 배를 타면서부터 말 그대로 밥 먹듯이 봤다. 이것도 배에서만 누릴 수 있는 호사였다.

밤하늘은 봐도 봐도 아름답다. 운이 좋으면 은하수도 볼 수 있다. 수능 국어 공부할 때 읽은 뒤로는 시 한 편 읽어본 게 언젠지 까마득하지만 이렇게 별들이 새하얗게 뒤덮은 하늘을 보고 있노라면 저절로 시인이 된다. 영화 《컨택트》에서 과학자 조디 포스터는 우주선을 타고 나가 마침내 베가성을 눈앞에 목격한 순간 그 황홀한 광경에 넋을 잃는다.

"시인이 왔어야 했어… 내 언어로는 표현할 수가 없어… 너무 아름다워…."

스스로 감성보다는 이성에 가깝다고 생각하는 소현이지만 탑 브릿지에서 밤하늘을 볼 때만큼은 감성이 한도초과로 차올랐다.

가슴속에 하나 둘 새겨지는 별을
이제 다 못 헤는 것은
쉬이 아침이 오는 까닭이요
내일 밤이 남은 까닭이요
아직 나의 청춘이 다하지 않은 까닭입니다

윤동주의 '별 헤는 밤'을 가만히 읊어보았다. 수능을 준비하면서 닳도록 읽었을 땐 이 시가 이런 감성을 갖고 있는 줄 몰랐다. '아직 나의 청춘이 다하지 않았다'는 구절에 묘한 애수가 느껴질 줄은 몰랐다. 나의 청춘은 어디로 가고 있

는 걸까. 이대로 괜찮은 걸까. 은하수 한가운데서 근원적인
물음에 휩싸였다.

별 하나에 추억과 별 하나에 사랑과
별 하나에 쓸쓸함과 별 하나에 동경과
별 하나에 시와 별 하나에 어머니, 어머니……

엄마가 생각났다. 실로 오랜만에 느껴보는 감정이었다.
이제는 승선 생활이 어느 정도 익숙해졌고 워낙 바쁜 일정
이라 육지에 두고 온 가족을 그리워할 틈이 없었다. 윤동주
가 멀리 북간도에 있는 어머니를 그리워하며 쓴 시가, 엄마
와 바다를 사이에 두고 멀어진 가슴에 그대로 와서 박혔다.

엄마─

조그맣게 소리내어 불러보았다. 너무나 익숙해서 공기
처럼 당연했던 '엄마'라는 단어가 낯설었다. 그리고 그 낯설
음이 오늘밤은, 왜인지 슬펐다.

태평양의 밤하늘은 오직 태평양 한가운데를 지나는 배

를 탄 사람에게만 속살을 내보인다. 그중에서도 제일 예쁜 건 호주에 입항하기 며칠 전쯤 보이는 하늘이다. 적도를 지나 거의 호주에 가까워진 순간이 바로 그때다. 정말 별이 쏟아진다는 표현으로는 부족할 정도로 온 세상이 별천지다. 창 밖의 달이 유독 밝은 밤이면 꼭 누군가는 말을 꺼낸다.

"야, 오늘 보름달 뜬대! 별 보러 가자!"

그러면 선원들은 모두 밖으로 나와서 밤하늘만 쳐다보며 한두 시간을 보내곤 한다.

보름달이 뜨면 별들이 바다에 그대로 비친다. 하늘과 바다의 경계가 없어지면서 바다는 하늘이 되고 하늘은 바다가 된다. 그 속을 지나가노라면 꼭 우주선을 타고 헤아릴 수 없이 수많은 별 사이를 가르고 항해하는 기분이다. '환상적이다', '경이롭다' 인간이 만들어낸 그 어떤 말로도 표현할 수 없을 정도로, 대박이다.

영화 《타이타닉》을 보면 타이타닉호가 침몰한 뒤 잭과 로즈가 바다에 떠 있는 장면이 나온다. 그때 바다가 비정상적으로 밝아서 말도 안 된다고 생각했었는데, 배를 타고 태평양으로 나와보니 정말로 보름달이 휘영청 뜰 때면 영화에서보다도 더 밝은 바닷길이 펼쳐진다. 배의 앞머리도, 배가 가르는 파도도 조명을 따로 켠 것처럼 선명하게 보이고 별들도 훨씬 더 밝게 빛난다.

1년 내내 바다 위에 있지만 아이러니하게도 진짜 바다에 있다는 걸 느낄 때는 하늘을 올려다보는 순간이다. 40도가 넘는 기관실에 갇혀 시커먼 기계들만 보고 일하다가 이렇게 잠시라도 밤하늘을 보고 있노라면 바다에 있다는 게 비로소 실감이 난다.

혼자 보기 아까울 정도로 아름다운 이 광경을 할 수만 있다면 그대로 베어서 담아가고 싶었다. 사랑하는 사람들과 함께 나누고 싶어 카메라로 수도 없이 찍어봤지만 렌즈가 담아내기엔 역부족이었다. 사실 직접 보고 있는 두 눈으로도 다 담을 수가 없을 만큼 황홀경이었다. 그래서 인간의 눈과 카메라의 렌즈를 초월하는 광경을 그냥 기억 속에 담아두기로 했다. 왼쪽 하늘과 오른쪽 하늘이 달랐고, 책에서만 봤던 북두칠성과 카시오페이아 자리도 단번에 찾아냈다.

잔잔한 바닷바람을 맞으며 이런 환상적인 밤하늘을 감상하고 있노라니 자러 가고 싶은 생각이 싹 사라졌다. 오늘 밤은 이대로 탑 브릿지에서 잠이 들어도 좋을 것 같았다.

죽은 영혼과의 조우

예로부터 사람이 사는 곳에는 언제나 괴담이 존재했다. 괴담의 배경이 되는 장소는 주로 폐교, 흉가, 군대, 병원 등 죽음과 밀접하거나 어딘가 사회와는 단절되어 있는 장소가 많다. 망망대해에 홀로 떠다니는 폐쇄적인 배 역시 괴담의 배경이 되기에 충분하다. 해양대 재학 시절부터 승선하는 지금까지 다양한 괴담을 들었다. 배에선 사람이 죽는 경우가 종종 발생한다. 죽는 이유는 대략 자살, 사고사, 과로사 등 세 가지로 압축되는데 셋 다 안 좋은 죽음이라는 공통점이 있다. 그래서인지 선원들 사이엔 무서운 이야기가 많이 떠돈다. 그중 자주 언급되는 몇 가지를 추렸다.

시체를 음식 냉동고에 보관했는데 그 안에서…

배에서 사람이 죽으면 선원들이 일단 수습한 뒤 다음 입항 시 육지에 내려놓는다. 이 시체 수습은 3항사 담당이다. 선내 병원 담당으로서 나름 의료 자격증을 소지하고 있어 관련 업무를 전부 처리한다.

다음은 어떤 배에서 실제로 있었던 일이다. 전원 스탠바이 방송이 나오는데 갑판부원 하나가 아무리 전화해도 나오지 않았다. 방으로 올라가니 문이 잠겨 있었다. 방문을 따고 들어갔을 땐 이미 목을 매단 상태였다. 여자친구가 변심했다는 이유였다.

3항사는 간신히 시체를 수습했는데 그다음이 문제였다. 보통 시체는 차가운 냉동고에 보관하는데 배에는 따로 시신용 냉동고가 없어 육고(고기 냉동고)에 임시로 보관한다. 가만히 놔두면 부패할 테고 땅에 묻거나 화장하기도 어렵기 때문이다. 다시 땅에 닿을 때까지 얼마나 걸릴지 알 수 없기 때문에 일단 육고에 넣는 것이다. 시체 옆에 소고기, 돼지고기를 넣어놨다가 나중에 거기 있는 고기를 그대로 꺼내서 요리해 먹는 다소 엽기적인 시스템이다.

게다가 시체를 넣어놓으면 밤새 돌아가며 육고 앞에서 당직을 서야 한다. 혹시나 유기될 경우를 대비해서다. 당연히 아무도 원하지 않는 일이다. 당직 순번은 공포감을 이겨내기 위해 술의 힘을 빌리기도 한다. 그날도 선원 혼자 밤중에 시체가 들어있는 육고 앞에서 억지로 당직을 섰다. 그런데 육고 안에서 자꾸 무슨 소리가 들렸다. 언 돼지고기와 소고기만 있는 냉동고 안에서 뭐가 돌아다닐 리는 없는데. 처음엔 달그락거리는 소리만 나더니 밤이 더 깊어지자 뭔가를 부득부득 가는 소리가 들렸다. 나중엔 사람이 흐느끼는 소리까지 들렸다. 극도의 공포심에 덜덜 떨던 선원은 도저히 참을 수가 없어 동료들을 모조리 깨웠다. 그날만큼은 특별히 여러 명이 함께 밤을 새웠다. 입항해서 시신을 내려놓은 뒤로는 육고에서 그런 소리가 들리지 않았다.

자살한 선원 방에서 나던 악취의 진원지는?

어느 배에서 선장과 1항사에게 계속 괴롭힘을 당하던 필리핀 선원이 있었다. 말도 잘 안 통하고 마음 터놓을 사람

하나 없던 그는 태평양 한가운데에서 누구에게도 도움을 청하지 못하고 고통받다가 결국 스스로 목숨을 끊고 말았다.

문제는 그의 방에서 시체를 처리하고 난 뒤부터 시작됐다. 분명히 수습을 다 했는데도 그의 방에서 자꾸 시체 썩는 냄새가 났다. 이상하게 여긴 선원들은 그 방에서 냄새의 진원지를 찾기 시작했다. 하지만 아무 문제도 찾지 못했다.

그런데 한 선원이 냉장고 안에서 냄새가 나는 것 같다고 했다. 냉장고 문을 연 순간, 썩은 생선들이 끝도 없이 우르르 쏟아졌다! 요리는 사주부에서 담당하기 때문에 방 안 냉장고에 생물 재료를 넣어놓을 일이 없는 데다가 그 조그만 냉장고에서 쏟아져 나온 생선의 양이 방 한가운데에 수북한 산을 이룰 정도였다. 선원들은 모두 패닉에 빠졌고 망령을 위로하기 위한 제사를 지내주었다. 그 이후 방에서 나던 냄새는 싹 사라졌다.

원혼을 조심하라!

항구에 입항했을 때의 일이었다. 한 여자 기관사가 오

랜만에 보는 육지를 좀 더 가까이 보기 위해서 갑판 위를 나
가려 했다. 그런데 갑자기 기관장이 막아서며 조심스럽게
말했다.

"이번 입항 때에는 갑판 밖으로 나가지 않는 게 좋겠다."

그녀가 의아해하자 기관장이 한 마디 덧붙였다.

"지금 우리 바로 옆에 정박해 있는 배에서 장가도 못
간 총각 선원이 큰 사고를 당해 즉사했다고 한다. 네가 모습
을 보이면 그 원혼이 씔 수도 있으니 조심해라."

여 기관사는 그 길로 혼비백산해서 배 안으로 들어가
나오지 않았다. 실제로 선원들 사이에는 배 안에 죽은 원혼
이 돌아다닌다는 말이 있어 조심해야 한다.

야간 당직 때만 나타나는 소복 입은 유령

이건 직접 겪은 일이다. 소현이 타는 배의 작업복은 흰
색이다. 낮에는 그런 일이 없는데 이따금씩 밤에 혼자 기관

실 순찰을 돌다 보면 흰색의 무언가가 휙 지나가는 느낌이 들 때가 있다. 눈앞에서 지나가는 것이 아니라 항상 곁눈질로 보이는 위치에서 휙휙 지나다닌다. 뭔가 지나가서 그쪽을 딱 쳐다보면 아무것도 없다. 온몸에 소름이 딱 끼쳤다.

그간 들었던 선박 괴담들과 친구들이 직접 듣고 본 귀신 이야기들이 전부 생각나면서 발이 얼어붙었다. 처음엔 '내가 잘못 본 거겠지…' 라고 생각했는데 문제는 혼자만 본 게 아니었다. 다른 사관들도 기관실 당직 설 때 기관실에 흰색 무언가가 지나다니는 것을 봤다고 했다. 이러다가 그 정체모를 흰 것과 정면으로 마주칠까 봐 당직 서는 날마다 극도로 긴장한다.

샤말란 감독의 영화《식스센스》에서는 귀신이 자꾸 나타나는 이유가 "아직 못다 한 말이 있기 때문"이라고 했다. 좋지 않은 이유로, 익숙한 육지가 아닌 바다 한가운데서 목숨을 잃은 그들이 하고 싶었던 말은 과연 무엇이었을까.

위대한 롤모델,

여성 최초 기관장

———————— "와, 이 뉴스 봤어?"

2019년 12월 뉴스 하나가 선원들 사이에서 화제였다. 현대상선에서 국내 첫 여성 기관장이 탄생했다는 소식이었다. 일반인들은 그냥 지나쳤을 이 기사가 엄청나게 큰 의미로 다가왔다. 당시 일찌감치 취업이 확정돼 곧 승선을 앞둔 초보 기관사 소현의 눈에는 10년 넘게 승선 생활을 이어가면서 기관사로서의 능력도 인정받는 여성 기관사 선배가 너무나 위대해 보였다. 남성들의 전유물로 여겨지는 해기사 세계에서 여성이 잘 버텨내는 게 얼마나 힘든 일인지 누구보다 잘 알고 있기 때문이다.

고해연 기관장은 한국해양대 선배다. 해양대학교 해사대학은 여학생의 비율이 10%다. 애초에 뽑을 때부터 자리를 10% 이상 주지 않는다. 이렇게 어렵게 들어간 대학을 졸업해도 취업의 문턱이 높다. 같은 해운회사 같은 자리를 놓고 경쟁하더라도 남학생은 학점이 3점대면 가는 회사를 여학생은 4점이 넘어도 못 가는 경우가 비일비재하다. 그마저도 자기가 졸업하는 해에 가고 싶던 회사가 갑자기 여성을 뽑지 않으면 능력이 출중해도 갈 곳이 없어진다.

회사 입장에선 당연한 선택이다. 회사는 자선 사업가가 아니다. 회사 입장에서도 여자 사관을 받게 되면 여러모로 별도의 시설이나 제도를 마련해야 하고 당연히 그만큼 불편함과 손해를 감수해야 한다. 왜 남녀를 차별하나고 불평할 시간에 차라리 회사가 손해를 감수할 만큼 가치 있는 사람이 되는 게 빠르다.

소현도 취직 문턱을 넘어 사관으로 채용되자 어깨가 더 무거워졌다. 자신이 잘하지 못하면 여성 사관을 채용하지 않는 방향으로 노선이 변경될 수도 있고 그러면 여자 후배들의 기회를 박탈하는 셈이 되기 때문이다. 따라서 여성 사관은 남성보다 신체적인 면에서 불리한 악조건에도 불구하고 우수한 인재가 되어 자신의 가치를 어필해야 하는 중압감을 이중으로 떠안게 된다.

고해연 기관장은 2008년 3등 기관사로 현대상선에 입사해 12년 만에 기관장에 올랐다. 10년 넘게 승선 생활을 지속하며 보유한 자격증만 구명 정수 자격증, 파나마 중급 보안교육, 파나마 1기사, 파나마 기관장, 마샬 1기사 등 무려 5개라고 한다.

기관장으로 발탁된 후 그녀는 "이 자리까지 올 수 있도록 저를 믿고 격려해주신 많은 선후배 여러분께 진심으로 감사드린다"라고 말했다. 이 말에 가슴이 찡했다. 짧은 문장 뒤에 숨어 있는, 차마 겉으로 말하지 못했던 여성 기관사로서의 고충과 눈물을 엿볼 수 있었기 때문이다.

거친 바다는 예로부터 남자보다 신체적으로 약한 여자가 들어갈 수 없는 영역으로 인식돼 왔다. 그래서 바다와 관련된 여자 이미지는 주로 어촌 처녀, 바닷가 식당 아줌마, 해녀 등등 바다가 아니라 '바닷가'에 머무는 존재였다. 놀랍게도 우리나라는 여성의 바다 진출을 법으로 금지하기까지 했다고 한다. 여성을 선원으로 고용할 수 없는 선원법 조항 때문이었다. 이 법이 남녀차별이라는 시대적 요구에 따라 1984년 개정됐고 한국해양대는 1991년 처음으로 여성 신입생을 받기 시작했다. 이러한 법 개정이 없었다면 지금의 고해연 기관장도 없었을 것이고, 당연히 배를 타는 소현도 없었을 것이다.

어느 시대나 불평등과 금기를 깬 당찬 여성들은 있었다. 조선시대 김만덕이 대표적이다. 배를 타면서 국사 시간에 얼핏 배운 그녀를 다시 떠올리게 됐다. 김만덕은 제주 출신으로 남녀차별이 하늘을 달리던 조선시대에 여성의 몸으로 해상 무역을 성공시킨 여장부였다. 여성은 바다로 나갈 수 없다는 금기를 깨고 엄청난 업적을 이룩한 공로로 당시 성공한 남성의 상징이었던 '금강산 유람'까지 다녀왔다고 한다.

상인 김만덕과 고해연 기관장이 여성이라는 한계에 좌

절한 채 현실에 주저앉았다면 어땠을까. 흉년에 굶주리던 제주도민들을 살리는 의인은 나오지 않았을 것이고, 후배들에게 유리 천장을 깰 수 있다는 꿈을 심어줄 위대한 선배는 영원히 만날 수 없었을 것이다. 고해연 기관장은 해양대가 여성의 입학을 허용한 지 거의 30년이 된 시점에 탄생한 여성 수장이다.

고해연 기관장과 비슷한 시기에 여성 최초 선장이 된 전경옥 선장은 이런 말을 남겼다.

"바다가 여성에게는 여전히 좁은 문이지만 앞으로 성별에 따라 기회 자체를 박탈하거나 차별하는 관행이 깨지기를 바랍니다. 10년 후에는 더 많은 여성 후배들이 아이를 낳고 기르면서 이 직업을 유지할 수 있게 되기를 바랍니다. 여성 선장이 나와도 뉴스가 되지 않을 정도로 양성평등한 사회가 됐으면 좋겠습니다."

고등학교 때부터 또래 경험치를 넘어서는 숱한 좌절을 겪으면서 확실하게 깨달은 한 가지는 주어진 환경을 탓해봤자 달라지는 건 없다는 것이다. 그럴 시간에 그 환경에서 성공할 방법을 찾아야 한다. 잘못된 부분에 대한 시정은 성공한 다음에 해야 더 잘 먹힌다. 유리 천장을 깨부순 선배들의 말 한마디가 더욱 뼛속 깊이 와닿는 이유다.

나의 선택을

후회한 적 있었나

소설 『미드나잇 라이브러리』(인플루엔셜, 2021) 에는 "중요한 것은 무엇을 보느냐가 아니라 어떻게 보느냐 이다"라는 말이 반복적으로 나온다. 인생을 바꿀 수 있는 무수한 기회를 제공하는 신비로운 자정의 도서관에서 주인공 노라는 결국 자신이 그토록 떠나려고 발버둥쳤던 원래의 삶을 선택한다. 그렇게 되돌아간 삶은 전과는 180도 다르게 보인다. 주어진 상황과 환경은 달라진 게 없는데 노라의 시선이 달라진 까닭이다.

대학을 졸업한 23살부터 배를 타고 바다에 나가 있는

소현에게 주변 사람들은 종종 묻곤 한다. 너의 선택을 후회한 적 없느냐고.

　매일매일 집에 가고 싶었던 건 맞다. 승선이 기약 없이 길어질 땐 체력적으로나 정신적으로 한계에 부딪혀 그만둬야 하나 고민한 적도 있었다. 또 지상직과 비교도 안 될 만큼 일상에서 목숨의 위협을 느낀다. 매일 고온, 저온, 고소, 밀폐 등의 환경에서 일하고 까마득한 높이에 달린 라이트를 고치기 위해 스파이더맨처럼 매달려야 한다. 조명 전원이 110v라 신체에 큰 데미지는 없지만 조명 작업 등을 하다가 감전이 되는 일도 수시로 있다. 등을 철판 기둥에 댄 상태로 작업하다가 전기를 먹으면 그 찡한 느낌이 상당히 오래가서 기분까지 불쾌해진다. 육지에선 이래도 되나 싶은 상황이 밥 먹듯이 일어난다.

　게다가 소현이 타는 배는 위험 화물로 분류되는 LNG 운반선이다. LNG는 난방 등에 쓰는 도시가스로 −160도 정도의 초저온 상태로 액화시켜 부피를 줄여서 운반한다. 연료로 쓰이는 가스인 만큼 누출되는 경우, 선체나 구조물에 엄청난 손상을 줄 수 있고 당연히 화재 위험도 크다. LNG

는 받고 내려주는 과정에서 누설 등의 위험이 항상 있기 때문에 LNG 운반선은 다른 선종에 비해 안전에 대한 경각심이 매우 크다.

무엇보다 남들은 육지에서 먹고 싶은 것 다 먹고 하고 싶은 것 다 하는데 혼자만 배에 갇힌 채 소중한 시간을 허비하고 있다는 기분이 들 때가 가장 괴롭다.

하지만 어떻게 보느냐에 따라 같은 상황은 완전히 다른 모습으로 다가온다. 『미드나잇 라이브러리』의 노라는 자기를 필요로 하는 사람은 아무도 없고 본인이 아무짝에도 쓸모없다고 결론지었던 삶으로 다시 돌아가 그곳에서 의미를 찾아낸다. 보잘것없다고 생각했던 자신이 사실은 어떤 불량 청소년을 나쁜 길로 빠지지 않게 인도했음을 알게 됐고, 요양원에 가기 싫어하는 옆집 할아버지의 말동무가 되어주고 있었다는 사실도 깨달았다. 삶의 의미를 찾고 나니 자살을 선택할 정도로 고통스러웠던 일상이 눈부시게 아름다운 하루로 거듭났다.

남들처럼 20대를 만끽하지 못하고 낭비한다는 생각은

접기로 했다. 대신 젊은 나이에 가치를 따질 수 없는 값진 경험을 하고 있다는 쪽으로 생각을 바꿨다. 발상을 전환하자 현재가 소중해졌다. LNG선 한 척이 실어오는 가스는 대략 대한민국 전체가 하루 동안 쓸 수 있는 양이라고 들었다. 나라에 필요한 일을 하고 있다는 뿌듯함은 무엇과도 바꿀 수 없는 보람이다.

결론은 후회하지 않는다는 것이다. 모든 선택엔 설렘과 후회가 공존한다. 가지 않은 길에 대한 후회보다는 가고 있는 길이 주는 설렘에 중심을 두는 것이 청춘의 특권 아닌가. 그런 면에서 소현은 이 시간을 갑절로 누리는 중이다.

갈라진 두 길이 있었지.
나는 사람들이 덜 다닌 길을 택했고
그것이 모든 것을 바꾸어놓았네.

로버트 프로스트 〈가지 않은 길〉

더 넓은 세상을 향하여

——————— 私の名前はソヒョンです.

(내 이름은 소현입니다.)

本当にありがとうございます.

(정말 고맙습니다.)

バス停はどこですか?

(버스 정류장은 어디입니까?)

요즘 일본어 공부에 한창 열을 올리고 있다. 따로 학원
을 다니거나 줌 강의를 듣기 어려운 상황이라 초급 일본어
책을 사놓고 독학 중이다. 일본어 독학은 유학을 염두에 두

면서부터 시작했다.

배를 타면 외국어를 전혀 쓰지 않을 것 같지만 은근히 자주 쓴다. 작업할 때 참고하는 기기 매뉴얼은 대부분 영어로 되어 있다. 작업 보고서도 영어로 작성한다. 외국 선원들과 함께 타는 친구들은 영어를 쓸 일이 정말 많다고 들었다.

하지만 영어에 비해 일본어는 접할 기회가 거의 없기 때문에 따로 시간을 내서 배워야 한다. 섬나라인 일본과 영국은 전통적으로 해양 관련 분야의 선진국이다. 그래서 해양대 출신들은 주로 이 두 나라로 유학을 간다.

구체적으로 계획을 세운 건 아니지만 배를 타면서 외국에 나가야겠다는 결심이 섰다. 사람들을 가장 많이 만나고 가장 많은 것을 경험하고 배워야 할 시기에 배 안에 갇혀 30여 명밖에 되지 않는 사람들과 좁은 인간관계를 유지해야 하는 현실에 대한 안타까움이 늘 가슴 한켠에 있었다.

그래서 막연하지만 언젠가는 더 넓은 세상으로 나아가 더 많은 것을 배우고 싶다는 생각을 항상 했고 유학을 결심하기에 이르렀다. 기왕 외국에 나간다면 관련 공부로 성과를 올리고 오면 좋겠다는 생각에서였다. 유학을 가려면 일단 외국어가 우선이기 때문에 일본어 공부와 영국 유학에 필수인 IELTS 공부를 시작했다. 뾰족한 세부 분야를 선정해 관련 자격증을 따는 것도 고려하고 있다. 새테크에 관심을 쏟게 된 것도 유학비를 마련하기 위해서다. 만 2년 동안 배를 타면서 느낀 점을 딱 한 문장으로 말한다면 이것이다.

바다는 더 넓은 세상으로 가기 위한 디딤돌이다.

엔지니어로서의 삶을 계속 산다면 더 큰 배를 타서 더 다양한 기기들을 만져보고 싶다. 언젠가 바다를 떠난다면 바다에서의 특별한 경험을 바탕으로 새로운 분야로 진출할 수도 있다. 선배들 중에는 국내에 몇 안 되는 기술을 가지고 평생 국가에 이바지하는 사람도 있고, 아예 다른 곳으로 진출하는 사람도 있다. 가능성의 나래를 선박에 한정하지 않으면 무한한 세상이 펼쳐진다. 확실한 건 해양대와 선박에서 배운 모든 것—고난을 이겨내는 법, 극한 스트레스에 대처하는 요령, 외로움을 다스리는 법, 참을성을 기르는 법 등—이 더 넓은 세상으로 나가는 발걸음에 힘을 실어준다는

것이다. 세상이라는 바다를 항해하는 데 이보다 더 든든한
빽은 없을 것이다.

배는 종류가 매우 많다. 배를 탄다고 하면 대부분 참치
잡이 어선을 연상하지만 해기사가 타는 배는 상선이라고 부
른다. 상선 선원들의 직급은 크게 사관과 부원으로 나뉜다.
여기서는 상선 사관이 되는 법을 중심으로 기술하겠다.

크게 세 가지 길이 있다. 첫째, 해양대학교에서 전문 해
기(항해사 및 기관사) 인력이 되기 위한 교육을 받는 것이다.
해양대학교는 부산과 목포 두 군데 있다. 소현은 부산의 한
국해양대학교를 졸업했다. 한국해양대학교 안에는 여러 단
과대학이 있는데 전문 승선 인력을 키우는 곳은 해사대학이
다. 타 단과대로 입학하면 승선 경력을 쌓을 수 없기 때문에
해기사 면허를 따지 못한다. 해양대학교는 국립대로 학비를
제외한 기숙사비, 급식비, 제복비 등이 무료다. 해양대를 졸
업하면 3등 기관사 및 항해사 면허를 딸 수 있다. 여기에 각

해운회사에서 요구하는 학점, 토익 등의 세부 조건을 충족하면 최종 면접에 오르게 된다.

둘째, 해사 고등학교에서 관련 교육을 받고 바로 3등해기사 면허를 딴 뒤 대학 진학 대신 해운회사에 취직하는 것이다. 물론 이 경우엔 지원 가능한 해운회사 범위가 달라진다. 쉽게 설명하면 면허 자체는 동급이지만 취직하는 분야가 좀 다르다. 해운 선사마다 자격 요건으로 요구하는 학력 조건이 있기 때문에 각 회사 채용공고를 보고 해사 고등학교를 나온 해기사를 필요로 하는 곳에만 지원할 수 있다. 이것은 해양대학교나 연수원 교육 이수자도 동일하다.

셋째, 한국해양수산 연수원에서 해기사가 되기 위한 교육을 받는 것이다. 해사고나 해양대학교에 진학하지 않더라도 여기서 전문 교육을 받으면 취직할 수 있다. 직업 훈련 교육원 개념이라서 당연히 국립대인 해양대학교보다 비용은 더 든다. 하지만 대학 4년보다 배우는 기간이 짧고 군기 잡고 극한 훈련하는 등의 중간 과정 없이 딱 필요한 교육만 받기 때문에 해볼 만하다. 중요한 건 교육만 받는다고 3등 해기사 면허를 딸 수 있는 건 아니라는 점이다. 반드시 얼마간의 승선 경력이 있어야 한다. 따라서 일반인이 공부만 한다고 해기사 면허를 취득할 수는 없다. 일정 기간 승선을 하거나 관련 교육기관에서 승선에 준하는 대체 교육을 받아야 한다.

이렇게 3등 해기사 면허를 취득한 후 해운회사 공고를 기다리면 된다. 한국에는 SK해운, 현대상선, H-Line, 대한해운, 팬오션, 고려해운, 해영, 지마린, 월햄슨 등등 많은 해운 회사가 있다. 각 회사별로 원하는 요건에 맞춰 지원하면 된다. 이 외에 독일 선사, 그리스 선사 등 외국 국적 선사로 지원할 수도 있다.

그녀의 앞날을 응원하며

'내가 책 한 권을 쓸 수 있을까?'라는 두려움과 다소간의 설렘으로 시작했던 일이 드디어 목적지에 도달했다. 나는 이번 책을 쓰면서 많은 걸 얻었다. 그중 생각지도 못했던 수확은 90년대생에 대해 알게 된 것이다.

1997년생인 소현의 이야기를 들으면서 나는 가끔 구멍을 느꼈다. 무슨 말이지? 아, 정말? 이런 생각들을 연발했다. 그래서 책을 쓰기 전에 90년대생을 '공부'해야겠다고 생각했다. 90년생을 전면에 내세운 베스트셀러 『90년생이 온다』(웨일북, 2018)를 비롯해 비슷한 도서들을 찾아 읽으면서 그들의 사고방식과 시각을 캐치하려 애썼다.

그러면서 자연스럽게 나의 20대가 떠올랐다. 스물다섯에 난 뭘 하고 있었나. 나는 당시 대학을 졸업하고 유학을 준비하고 있었다. GRE와 TOEFL 문제집을 가방에 무겁게 넣고 학원에서 밤늦게까지 수업을 들으면서 꿈을 꿨다.

사실 현실이 싫어서 도피하려고 택한 궁여지책이었다. 결국 유학을 떠나지 못했고, 적성이나 성향을 고려하지 않고 쫓기듯 취직했으며, 당연하게 얼마 못 가 퇴사했다. 사회에 첫발을 내딛는 가장 중요한 시기에 커리어를 제대로 쌓지 못한 나는 그 이후 계속 거기에 대한 아쉬움을 떨치지 못했다.

하고 싶은 일을 뚜렷하게 알고 있는 사람들이 늘 부러웠다. 대학 때부터 차근차근 관련 스펙을 쌓아 필요할 때 에너지를 집중해 가시적인 성과를 내고 스스로 성취감과 만족감을 느끼는 사람들.

이 책을 쓰면서 나는 왜 소현의 이야기를 쓰고 있을까를 매번 자문했다. 뾰족하고 독특한 소재에 끌렸다는 표면적인 이유 이외에 진짜를 찾기 위해 내면 속으로 더 깊이 내려가보았다. 일상과 육아와 일을 뒤로 미뤄놓고 밤잠 설쳐가며 꾸역꾸역 매일 글을 쓰게 만든 원동력은 과연 무엇이었을까.

아마도 내가 하지 못했던 방식으로 꿈을 향해 한 단계씩 스텝을 밟아가는 모습이 부러웠기 때문이었던 것 같다. 소현의 치열했던 대학 생활과 더 치열한 현재의 선박 기관사 삶을 쓰면서 막연하게 꿈만 꾸던 나의 20대를 반성했다. 그리고 말할 것도 없이, 소현의 앞날이 가히 무궁무진할 것이라는 확신이 들었다.

나는 전등 하나 갈지 못하는 철저한 투머치 문과생이다. 그런 내가 엔지니어의 생활을 쓰느라 고생을 엄청나게 했다. 엔지니어링에 관한 책은 아니지만 배경 지식이 탄탄해야 글에 반영되기 때문에 유튜브, 블로그, 포털 사이트 검색, 소현에게 질문하기 등을 통해 선박 기관사에 대해 열심히 스터디를 했다.

글을 다 쓴 지금 나에게는 엔지니어를 향한 존경심 같은 감정이 생겼다. 그 존경심은 물론 소현을 향한 것이기도 하다. 나는 소현 덕분에 20대를 한 번 더 살아보는 행운을 누렸고, 내가 못 가본 길을 가는 소현을 통해 대리만족도 얻었다.

작가도 아닌 내게(이게 나의 첫 책이다) 흔쾌히 자기 이야기를 써도 좋다는 허락을 해준 소현에게 나는 한 가지를 약속했었다.

"네 이야기가 꼭 책으로 출간될 수 있도록 내가 가진 모든 능력과 정성을 쏟아붓겠다."

이 책을 출간하면서 그 약속을 지킬 수 있게 되어 너무나도 뿌듯하다. 똑똑하고, 근성 있고, 멋있고, 당당한 소현이 세상이라는 바다를 향해 무한한 항해를 펼치는 데 이 책이 조금이라도 도움이 된다면 더 이상 바랄 것이 없겠다.

바다는 더 넓은 세상으로 가기 위한
디딤돌이다

바다 위에도 길은 있으니까

1판 1쇄 발행 2022년 4월 5일

발행인 박명곤　**CEO** 박지성　**CFO** 김영은
프로젝트 매니저 이은빈, 유진선

기획편집 채대광, 김준원, 박일귀, 이은빈, 김수연
디자인 구경표, 한승주
마케팅 임우열, 유진선, 이호, 김수연
펴낸곳 (주)현대지성
출판등록 제406-2014-000124호
전화 070-7791-2136　**팩스** 0303-3444-2136
주소 서울시 강서구 마곡중앙6로 40, 장흥빌딩 10층
홈페이지 www.hdjisung.com　**이메일** main@hdjisung.com
제작처 한영문화사

ⓒ 전소현·이선우 2022

"Inspiring Contents"
현대지성은 여러분의 의견 하나하나를 소중히 받고 있습니다.
원고 투고, 오탈자 제보, 제휴 제안은 main@hdjisung.com으로 보내 주세요.

현대지성 홈페이지